新雅
名著館

茶花女

原著　亞歷山大・小仲馬〔法〕

撮寫　宋詒瑞

新雅文化事業有限公司
www.sunya.com.hk

U0108490

世界名著 —— 啟迪心靈的鑰匙

　　文學名著，具有永久的魅力。一代又一代的讀者，曾從中吸取智慧和勇氣。

　　面對未來競爭性很強的社會，少年兒童需要作好準備，從素質的培養、性格的塑造、心理承受力的加強、思維方式的形成、智力的開發，以及鍛煉堅強的意志，都是重要的課題。家庭教育的單調、學校教育的局限、社會教育的不足，使孩子們面對許多新問題感到困惑。而文學名著向小讀者展現豐富的世界，通過書中具體的形象、曲折的情節，學會觀察人、人與人的關係，和錯綜複雜的社會矛盾。可以說，文學名著是人生的教科書，它像顯微鏡一樣，照出人的內心世界和感覺。通過書中人物的命運，了解社會，體會人生，不知不覺地得到啟迪心靈的鑰匙。而名著中文學的美，語言的美，更是滋潤心田的清泉。

　　然而，對於年紀尚小的讀者來說，這些作品原著的篇幅有些長，這套縮寫本既保留了原著的精髓，又符合小讀者的能力和程度，是給孩子開啟文學大門的最佳選擇。

著名兒童文學作家
冰心獎評委會副主席 | 葛翠琳

《茶花女》是一部膾炙人口的世界文學名著，小說的發行量在各國以千萬計，話劇上演場次以千計。茶花女形象不僅登上世界藝術的高雅殿堂，而且贏得不同時代、不同階層讀者、觀眾的喜愛。為何一部描寫妓女的作品會風行全球，成為世界經典呢？《茶花女》魅力所在就是一個「愛」字。農家女瑪格麗特被迫墮落風塵，過着紙醉金迷的生活，但她出淤泥而不染，本性仍是一位純情、善良的姑娘，在內心深處嚮往與追求真摯的愛情。富家子弟亞芒迷戀她、關心她，他的誠摯激發起瑪格麗特對真正愛情生活的憧憬，她向他敞開心靈，為他付出一切，甚至為了他的家族而犧牲了自己的真愛。她心靈的真善美，與周圍環境的假惡醜相比，具強烈的吸引力與感染力。小說發表後轟動巴黎，意大利作曲家威爾第把它改編成歌劇上演，使《茶花女》以它悅耳的旋律、明快的節奏、深刻的思想性傳遍全世界，經久不衰。小仲馬曾說：「過五十年，我的小說和話劇《茶花女》也許會被人們遺忘了，然而歌劇《茶花女》卻因威爾第的音樂的動聽而永遠流傳下去！」

目錄

第一章
茶花女其人

我認為，只有在研究了眾多形形色色的人之後，才能動筆塑造出人物來。我還沒到最佳的創作年齡，所以只能述說出一個發生過的故事。

請你們相信這個故事的真實性。裏面的人物，除了女主角之外，都還健在。故事的大部分事實都能在巴黎找到見證人。我則是因為一點特殊的機緣，了解到故事的最後細節，否則就不可能寫出一部引人入勝的完整故事來。

那是一八四七年三月十二日。那天，我在巴黎的拉菲德街看到一張黃色的巨幅海報，宣布要拍賣一位死者的傢具和古玩珍寶。廣告上沒有寫死者的姓名，只說了拍賣的時間和地點：本月十六日正午到下午五時，在昂丹街九號進行。廣告上還說，在十三、十四日兩天可以參觀物主的住宅和傢具。

我向來喜歡收集古董珍玩，怎肯錯過這個機會？

即使不買，也可一飽眼福。

　　第二天，我就到昂丹街九號去了。已經有很多男女看客來到，門口停着華貴的**篷車**。那些上流社會的闊綽女客見到眼前的奢華陳設，都驚訝羨慕不已。

　　我很快就發現，原來這是一個高級妓女的家。這種妓女平日活躍在交際場中，她們的車馬衣着使名媛貴婦相形見絀，她們在大劇院裏也有自己的**包廂**[①]，她們恬不知恥地在巴黎街頭招搖過市，賣弄**風騷**[②]。

　　如今這所住宅的主人已經死了，所以連最正經的女人都可進來。她們藉口説來挑選拍賣的物品，其實也是想在這琳瑯滿目的一堆珍品中來探尋這個妓女的生活奧秘。無疑，她們一定早就聽説了關於她的很多離奇的故事。

　　這裏的陳設真是漂亮極了：傢具都是上等的**玫瑰木**貨色，

> **知識泉**
>
> **篷車**：十九世紀歐洲流行的一種四輪轎式馬車。
>
> **玫瑰木**：產於巴西，因有玫瑰香而得名，是製傢具的名貴木材。

[①] **包廂**：某些劇場裏特設的單間席位，一間有幾個座位，多在樓上。
[②] **風騷**：指婦女舉止輕佻。

法國和中國的花瓶、德國的瓷塑像，以及綢緞、天鵝絨、花邊等，應有盡有。

梳妝室裏的用品更是無所不有、精緻絕倫，死者的奢侈似乎已到登峰造極的地步。靠牆一張三尺寬六尺長的大桌上，擺放着巴黎著名金銀匠製作的一套珠寶，上千件首飾非金即銀，貨真價實。如此可觀的收藏想來必定是逐漸收集起來的，絕非一個情夫獨力所能置齊。這些巧奪天工的物品上都刻着各種不同姓氏的縮寫字母和五花八門的紋章標記，每一件都代表着這個可憐姑娘的一次失身。

我一邊參觀一邊沉思，時間悄然流逝，屋裏只剩下我和一個護衛員，他站在門口，用懷疑的眼神嚴密地注視着我，好像我會趁人少時偷東西。

我走近他問道：「先生，你能告訴我從前住在這裏的房客的姓名嗎？」

「瑪格麗特・戈蒂埃小姐。」

我知道這個姑娘的名字，也曾見過她。

　　「什麼？她死了嗎？什麼時候死的？」

　　「我想，有三個星期了吧。」

　　「為什麼讓大家來參觀她的房子呢？」

　　「她欠了好多債，債權人要拍賣她的所有東西，先讓人看看可以招來顧客，招高價錢。」

　　「拍賣的錢夠抵債吧？」

　　「還有剩哩。」

　　「那麼，剩下的錢給誰呢？」

　　「給她家屬。」

　　「她還有個家？」

　　「好像有。」

　　我謝了他，走了出來。可憐的姑娘，她一定死得很慘，在她的生活圈子裏，只有身體健康時才會有朋友。你看，就從沒有人把瑪格麗特的去世當一條重大新聞來告訴我。雖然她生前曾因漂亮的容貌和考究的生活鬧得滿城風兩，但人一死也就變得無聲無息。

　　而我呢，雖然瑪格麗特的用品上沒有一件是刻有我的姓氏標記的，可是，出於那種本能的寬容和天生

的憐憫，使我對她的死久久難以忘懷，也許她並不值得我如此懷念。

我記得以前經常在**香榭麗舍大道**遇見瑪格麗特，她每天都來這裏，乘坐着一輛藍漆小篷車，由兩匹棗紅駿馬拉着。我發現她身上有一種不同凡響的特殊氣質，是她那一類女人少有的，使她那獨特的姿色更添高貴。

她沒有人陪伴，總是獨自一人坐馬車來到，盡量不惹人注意。冬天她裹着一條開司米大披肩，夏天穿着淡雅樸素的長裙：

遇到熟人也只是微微一笑。她不像她的同行那樣在街口散步，而是由兩匹馬飛快地拉到近郊的一個小樹林裏，她在那裏下車，散步一個小時，然後重新登上馬車，疾馳回家。

此情此景，有幾次是我親眼所見，至今還歷歷在目。我很惋惜這位姑娘的夭折，就像人們惋惜一件藝術精品被毀掉一樣。

瑪格麗特美貌傾城，是個絕色女子。她身材修長苗條，稍嫌有些弱不禁風。一張柔媚的鵝蛋臉上，嵌着兩隻烏黑的大眼睛；兩道彎彎的細眉，如同人工

畫就；長長的睫毛覆蓋着眼簾，在玫瑰色臉頰上投下一抹淡淡的陰影；俏皮的小鼻子細巧而挺秀，富有靈氣；一張端正的小嘴輪廓分明，柔唇微啟時，露出一口潔白的牙齒；柔絨樣的皮膚宛如尚未被人觸摸過的鮮桃；墨玉一般的秀髮呈波浪形鬈曲着，拖在腦後，露出戴着熠熠生輝的鑽石耳環的可愛耳垂——這就是她的迷人形象。

瑪格麗特過着狂熱縱慾的生活，但她臉上卻呈現出童稚純真神態，令人百思不得其解。

每逢劇場首演，瑪格麗特場場必到。她常常在劇場或舞場消磨夜晚時光。她隨身總帶着三件東西：一副望遠鏡、一袋蜜餞和一束茶花。

她帶的茶花，一個月裏有二十五天是白色的，五天是紅色的，誰也摸不透茶花顏色變化的原因。除了茶花，她沒帶過別的花，因此人們給她取了個「茶花

知識泉

鑽石：經過琢磨的金剛石，是貴重的首飾，常呈八面體晶形，折光率強，純者無色透明，也可被染成各種顏色。

茶花：即山茶花，常綠灌木或小喬木，葉卵形或橢圓形，邊緣有細齒。冬春開花，花大型，有單瓣、重瓣，花色紅、白不一，為觀賞植物。

女」的綽號，流傳了開來。

　　我知道，瑪格麗特曾是一些風流倜儻的年青人的情婦，她毫不隱諱，那些青年也以此為榮，可見情夫情婦彼此都還滿意。

　　但是，曾經有三年左右的時間，她只同一個外國老公爵生活在一起，那富有的公爵盡力要令她與過去的生活一刀兩斷，他差點成功了，可惜到最後還是功虧一簣。

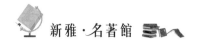

第二章

父女之誓約

瑪格麗特與老公爵之間，其實是一般很純潔的感情。

一八四二年春天，瑪格麗特的身體非常虛弱，氣色也越來越差，醫生勸她務必去有礦泉的地方療養一段日子，於是她只帶了一名女僕，來到了巴涅爾市。

巴涅爾是個溫泉城市，加上氣候宜人，風景秀麗，是一個非常適宜養病的地方。當時人們得了病，能治的藥物不多，一般只能靠溫泉和靜養來恢復健康。

知識泉

巴涅爾：位於比利牛斯山區，是法國有名的溫泉療養勝地。

在那兒的病人中，有個公爵的獨生女兒愛拉，她生得溫柔嬌美、活潑可愛，不幸卻在三年前得了肺病，曾看了許多名醫都不見效。後來公爵聽從一位醫生的勸告，帶愛拉來巴涅爾市療養。

剛來的半年，由於換了環境，呼吸到新鮮空氣，愛拉的精神的確好了一些。但她的肺病已經到了不可救藥的第三期，任何治療都是無濟於事的了。不久，愛拉又口吐鮮血，病倒在牀，再也起不來了。

公爵是個外交官，曾出任過大使，家產豐厚。雖然他整日在女兒牀邊照顧着，懇求醫生挽救女兒的生命，向神發誓願以全部財產和自己的名譽地位，來換取女兒的健康……但終究敵不過天意，就在瑪格麗特來到巴涅爾療養院後的沒幾天，愛拉死在父親懷裏。公爵心如刀割。他把女兒埋在了巴涅爾市這塊美麗的土地，但仍捨不得離去。他每天要到女兒墓前去看望一下，呼喚幾聲女兒的名字，這才感到心頭舒服些。

一天早上，公爵從墓地回來，在一條小路的轉角處遇見了瑪格麗特，他驚呆了！

同樣的鵝蛋臉、同樣的黑頭髮，同樣的溫柔美麗以及同樣的純樸可愛！這、這不是女兒愛拉嗎？公爵急急跑向姑娘，握住她的雙手親吻着，淚流滿臉。

「姑娘，請問你是……」

「我叫瑪格麗特。老伯，您這是……」

公爵的驚訝無法形容。他哽咽着告訴瑪格麗特説，她的身材、模樣幾乎同他女兒愛拉完全一樣，並把愛拉病死的事説了一遍。

「瑪格麗特，你是我的再生女兒！我懇求你
允許我能常來看你，允許我像愛死去的女兒般來愛
你……」

　　瑪格麗特被公爵純潔父愛所感動，她那一向空虛孤獨的心中得到了一絲溫暖。她想，與這位老人交往也沒有身敗名裂的危險，就同意了公爵的請求。

　　於是，他們常常親熱地在一起。每天早上，瑪格麗特和女僕娜寧伴公爵出外散步，欣賞風景，開解他的痛苦。自從認識了瑪格麗特以後，公爵的傷痛心情才有所慰藉。

　　巴涅爾有不少人是認識瑪格麗特的，有些好心人就去對公爵説：

　　「公爵，你可知道瑪格麗特是什麼人嗎？」

　　「她是個可憐的孤女，一個可愛的姑娘。」

　　「你知道她是做什麼事情的嗎？告訴你，她是巴黎人人皆知的『茶花女』，專門引誘有錢男子的交際花，由於生活放蕩不正常，所以染上了肺病，來這兒養病的。」

　　公爵知道巴黎有這種女人，常常打扮得很妖豔地帶着女伴上街，晚上出現在劇場，然後帶幾個闊朋友回家，喝酒跳舞狂歡個通宵，最終向人索取金錢作報酬。一些公

> **知識泉**
>
> 交際花：在社交場合中活躍而有名的女子（含輕蔑之意）。

子哥兒甘心花錢陪她們胡鬧，只是把她們當作卑賤的玩物，為了自己的名譽和地位，他們是決不會正式接納她們的。像公爵這樣有高貴身分的人，更是決不會公開與她們在一起的。這對公爵自然是一個重大的打擊，因為這樣他就再也不能把瑪格麗特與愛拉相比了。但為時已晚，這女子已成了他心靈的一種需要，成了他在喪女後活下去的惟一理由和惟一安慰。

他對瑪格麗特沒有絲毫責備，他也沒有權利這樣做。他只是說：「我知道你的心是純潔的，我對你的愛也不會改變。只希望你今後能改變自己的生活，從此改過自新。作為回報，我願意補償你作出的犧牲，你想要什麼就可以得到什麼，我保證！」瑪格麗特答允了。她自己知道，過去的生活是她患病的主要原因。出於一種迷信的想法，她希望上帝會因為她悔改，而把美貌和健康留給她。

果然，由於溫泉浴、散步、適當的活動和正常的睡眠，她在夏末秋初時份基本上恢復了健康。

於是公爵陪瑪格麗特回到巴黎，分手的時候，給了她一大筆錢，說：「我很快就會來看你的，不能再

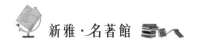

像從前那樣荒唐了！」

公爵果真常常來看她。他們之間的這種關係，旁觀者既不明真相，也不知動機，自然會引起議論紛紛。公爵是以財富出名的，大家都以為他愛上了這個年輕姑娘，因而為她揮金如土，這本來也是年老富人們常做的事。

其實這位父親對瑪格麗特的感情是十分純潔的，除了心靈相通外，任何其他關係對他來說都意味着亂倫。他對她一直以女兒相待，從沒說過一句不適宜女兒聽的話。

但是公爵有他自己的家、自己的事，漸漸地他只能隔十天、隔半個月來一次。瑪格麗特整天呆在屋裏，除了和忠心的女僕娜寧聊聊天以外，沒事可做。要是她仍在巴涅爾，她對公爵的承諾並不難遵守，而且她已經做到了。然而她過慣了夜夜歌舞的放蕩生活，一旦回到巴黎就耐不住寂寞了。而且休養回來的瑪格麗特比以往任何時候更加**嫵媚**[①]，她年方二十妙

[①] **嫵媚**：形容女子姿態嬌美、可愛。

齡，追求火熱生活的慾望時時在衝擊她的心頭。

　　住在她對面的鄰居普呂丹絲是個四十來歲的胖女人，以前過着與瑪格麗特同樣的生活，如今人老珠黃沒人追求了，便開了家時裝店，還常給瑪格麗特介紹朋友，從中取利。她常來糾纏瑪格麗特，引誘她出去玩。終於，捧着茶花的瑪格麗特又出現在劇場了。

　　公爵的朋友們時時都在偵察她的行動，便向公爵報告說，她接待了別的客人直到天亮。公爵非常痛苦。瑪格麗特向他承認了一切，並坦白說自己無力遵守諾言，不願再接受他的恩惠，叫他別再關心她了。公爵一星期沒露面，第八天，他來懇求茶花女，希望能繼續保持來往，只要他能來看她，她完全可以自由行動，他再也不會責備。

　　這就是瑪格麗特回巴黎三個月後的情況。

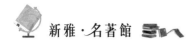

第三章
拍賣會

十六日下午一點，我到了昂丹街。在大門口就可聽見拍賣人的喊叫聲。

滿屋都是人。花都的名妓雲集，一些貴婦人在偷偷打量她們。貴婦們藉口參加拍賣而來，可以名正言順地挨近名妓看個仔細。要知道，在平時，她們是絕無機會聚在一起的。

屋子裏熙熙攘攘，大家都興高采烈。女人中間雖有很多人是認識死者的，可是似乎她們早就把她忘得一乾二淨了。

人們大聲說着笑，拍賣人聲嘶力竭地叫喊着，從未見過這麼嘈雜喧鬧的場面。

我悄悄溜進了這堆紛亂的人羣。心想，就在那可憐的姑娘咽氣的卧室旁邊，人們竟公然拍賣她的私物來償付她的債務，我不禁感到**惆悵**[①]。與其說我來買

[①] **惆悵**：失意的樣子。

東西，不如說是來看看**人情世故**[①]的。我瞧着那些拍賣商們，每當一件物品叫出意想不到的高價時，他們就喜笑顏開，心花怒放。好一班見利忘義的偽君子！

　　長裙、開司米圍巾、首飾，很快就賣完了，快得令人難以置信。沒有一件是我需要的，我一直在等着。

　　突然，我聽到拍賣者在高叫：「精裝書一本，燙金邊的，書名是《瑪儂‧萊斯柯》，書上還題着幾個字。底價十法郎。」

　　冷場了一段時間後，有個聲音叫道：

　　「十二法郎。」

　　「十五法郎。」我說。

　　為什麼要出這個價錢？我自己也不知道，可能是因為有題詞吧。

知識泉

《瑪儂‧萊斯柯》：十八世紀法國作家普雷沃（1697-1763）寫的一部小說，女主角瑪儂‧萊斯柯是一名妓女。

法郎：部分歐洲國家的貨幣單位，一般在法郎前冠以國名，以示區別。如法國法郎（現已停用）和瑞士法郎等。

[①] **人情世故**：做人處事的方法。

　　「十五！」拍賣人又叫了一遍。

　　「三十！」第一個出價的人又叫了，聽口氣似乎
是對別人的加價感到惱火。

　　這下子變成一場爭奪戰了：

　　「三十五！」我用同樣的口氣叫道。

「四十！」

「五十！」

「六十！」

「一百法郎！」

　場中頓時寂靜，大家都回過頭來望着
我，看看非要把書弄到手才罷休的究竟
是什麼人。

　我最後一次叫價的口氣似乎把我的
對手鎮住了，他退出了競爭，使我竟花

費了十倍於原價的錢才得到這本書。他欠了欠身子向我致意，彬彬有禮地説：

「我讓你了，先生。」

沒有人再抬價，那本書就歸了我。我寫下我的名字，把書放在一旁便走了。再留在這裏的話，我怕我的自尊心會再一次激起我的倔強脾氣，可我的錢包卻不爭氣，再沒有錢去買其他東西了，所以只得走。在場的人一定會覺得奇怪，為什麼我竟出了一百法郎的高價，來買這本其實只需十至十五法郎就到處可以買到的書。

一個小時以後，我派人把我的書取回。

扉頁上是贈書人用羽毛筆寫下的題詞，字跡秀麗，只有這寥寥幾個字：

瑪儂對瑪格麗特

無地自容

下面的署名是亞芒·杜瓦勒。

「無地自容」是什麼意思？

按照亞芒·杜瓦勒先生的看法，豈不是説要瑪儂承認，在生活放蕩方面，或是在內心世界方面，瑪格麗特要比她更勝一籌？

第二種解釋似乎可能性大一些，因為第一種解釋是唐突無禮的，瑪格麗特肯定無法接受。

《瑪儂·萊斯柯》是一個動人的故事，百讀不厭，我熟悉故事的每一個情節。現在打開書本，把女主人公瑪儂和瑪格麗特作一比較，更增添了這本書對我的吸引力。出於對這可憐姑娘的憐憫，甚至可以説是喜愛，我對她更為同情了，這本書就是我從她那裏得到的遺物。

的確，瑪儂是死在荒涼的沙漠裏的，但是她死在一個真心愛她的情人的懷抱裏。瑪儂死後，他為她挖了一個墓穴，他的眼淚灑在她身上，並把他自己的心同她一起埋葬了。而瑪格麗特呢，她像瑪儂一樣是個有罪的人，也許像她一樣已經改邪歸正了。雖然她是死在自己豪宅裏舒適的臥牀上，但她的心裏卻是一片空虛和孤寂，這比被埋葬在沙漠裏更慘。

　　我的幾個朋友了解瑪格麗特的臨終情況，據他們說，在她漫長而痛苦的兩個月病危期間，的確沒有誰到她牀邊給她一些安慰。

　　兩天後，拍賣全部結束，一共售得十五萬法郎。

　　債主們從中瓜分了三分之二，餘下的由瑪格麗特的家屬繼承，她的家屬只有一個姐姐和一個外甥。

　　原來瑪格麗特本是個農家女，從小死了父母，與姐姐相依為命。後來有人看中了瑪格麗特的美貌，把她騙到巴黎，教她各種媚人的手段，把她悉心打扮起來。漸漸地，瑪格麗特就成了巴黎的名妓，曾引得一些風流的貴族子弟為她傾家蕩產。

　　瑪格麗特的姐姐已有六、七年沒有見到自己的妹妹了。自從有一天妹妹在村子裏神秘地失蹤以後，無論是她還是其他人，都沒有打聽到她妹妹的任何消息。

　　接到通知後她連忙趕到巴黎。那些認識瑪格麗特的人見到她都驚訝不已，因為瑪格麗特的惟一繼承人站在眼前——居然是一個胖胖的鄉下姑娘。雖然樣貌不差，但是在氣質或見識方面都與瑪格麗特有天淵之

別，來巴黎之前她還從沒離開過家鄉呢。她一下子發
了大財，卻弄不明白這筆意外之財是怎麼來的。

　　後來有人告訴我說，她回到村子後，為妹妹的死
感到十分悲傷。她把這五萬法郎以四厘五的**利率**[①]**放
債**[②]，這才使傷痛漸漸平復了下來。

　　在巴黎這個醜聞迭出的城市，這些事自然成為人
們議論的題目。隨着時間的消逝，這事也就慢慢被人
遺忘了。可是後來我又遇到一件事，使我得以了解這
件事的始末和一些感人細節，使我覺得非把它們寫下
來不可。

[①] **利率**：計算利息的比率。
[②] **放債**：借錢給人，收取利息。

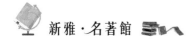

第四章

亞芒的來訪

　　幾天後的一個早上，有人拉響我的門鈴。我的僕人去開門，拿回一張名片：亞芒‧杜瓦勒，説是這位先生要見我。

　　我記得好像在哪兒見過這名字，後來想起了那本《瑪儂‧萊斯柯》扉頁上的題詞，馬上請客人進來。

　　來客是一個年輕人，頭髮金黃，身材高大，臉色蒼白。一身旅行服上布滿灰塵。

　　杜瓦勒先生情緒激動，看來他也不想掩飾這點。他眼噙淚珠，聲音顫抖地對我説：「先生，請原諒我的冒昧造訪和不修邊幅。我實在急於要見到你，所以旅館也沒去就趕來了。」

　　我請他在火爐邊坐下。他坐下後從口袋裏掏出一塊手帕，把臉捂住，傷心地説：「先生，一

知識泉

火爐：冬天在室內用以生火取暖的設備、通常是壁爐，即是就着牆壁砌成的地爐，燃燒木柴或木炭，有煙囱通到室外。

個素不相識的人一早來向你哭哭啼啼，你一定會猜測我的來意。我是來請你幫個大忙的。」

「請説吧，先生，我願為你效勞。」

「你參加了瑪格麗特・戈蒂埃遺物的拍賣了吧？」一提起這名字，這年輕人暫時控制住的激動情緒又變本加厲起來，他不得不用雙手捂住眼睛：「請你再次原諒我這副失禮模樣。」

「先生，」我對他説，「如果我能幫上忙，減輕一些你的痛苦，那就請快告訴我。」杜瓦勒的痛苦的確令人同情，我真心希望為他排憂解難。

「在拍賣會上，你買了點東西吧？」

「是的，一本書，《瑪儂・萊斯柯》。」

「這本書還在你這裏嗎？」

「在我臥室裏。」

亞芒・杜瓦勒聽到這句話如釋重負，立刻向我道謝，似乎我保存着這書已是幫了他忙。

於是我去臥室取出書來，交給了他。

「就是這本。」他翻看着扉頁的題詞，兩顆大大的淚珠滴落在書頁上。「先生，你很重視這本書嗎？

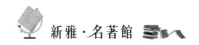
我想請求你把它讓給我。」

「請原諒我的好奇心，」我說：「這本書是你送給瑪格麗特·戈蒂埃的？」

「沒錯。」

「它歸你了，先生，拿回去吧。我很高興能使它物歸原主。」

「不過，」杜瓦勒有點不好意思：「至少我得把你付的書費還給你。」

「請允許我把它送給你吧。在這樣的拍賣會中，一部書微不足道，我都記不得付了多少。」

「你付了一百法郎。」

這次輪到我不好意思了：「你怎麼知道的？」

「我原來想及時回到巴黎參加拍賣的，但是直到今天早晨才趕到。我無論怎樣都要得到她的一件遺物，我就直接去到拍賣估價人那兒，查到是你買了這本書，就決定來請你**割愛**①。你出的價錢使我擔心，你買下它可能有某種紀念意義的吧。」

---

① **割愛**：放棄心愛的東西。

亞芒顯然是擔心我與瑪格麗特的交往更甚於他。

　　我連忙請他放心：「我不過是見過戈蒂埃小姐而已，想在她的遺物中買些東西。有位先生死命與我抬價，我就硬着頭皮以高價買下了。我再説一遍：先生，請你接受它，並希望它能有助於我們之間結成友誼，保持聯繫。」

　　「太好了，先生！」亞芒緊緊握住我的手説，「我接受你的好意，我一輩子感激你！」

　　我很想問問亞芒有關瑪格麗特的事，但又擔心若是我提出這些問題，使他以為我不收他的錢是為了有權干預他的私事。

　　他似乎猜出了我的心思，問我：「你讀過這本書吧？」

　　「全看過了。」

　　「你對我的兩行題詞有什麼感想？」

　　「很清楚，在你眼裏，接受你贈書的那位可憐的姑娘非同尋常。」

　　「你説得對，先生。這位姑娘是一位天使。你看看這封信！」

他遞給我一張信紙，看來這張紙是被反覆看過許多遍了。我打開一看，上面寫着：

「我親愛的亞芒：收到了你的信，你的心地仍是這樣善良，真感謝上帝。是的，我是病了，得的是不治之症。你卻仍是這麼關心我，這減輕了我的痛苦。我肯定活不長了，再也沒此福分能握一下寫信人的手。我再也見不到你了，因為我死期已近，而你卻離我千里。你那往日的瑪格麗特已是面目全非了，你還是不見為好的。你問我是不是肯饒恕你？哦，我從心底原諒你，因為你以前對我的傷害，恰恰是證明了你對我的愛。我臥牀已經一個多月了，我每天都寫下日記，從我們分手之日開始，一直要到我無力握筆那天為止。

要是你真心關心我，亞芒，就在回來後到朱莉，迪普拉那兒去，她會把我的日記交給你。從中你可以了解許多往事的原因，以及我的解釋。如果你看了以後，能夠諒解過去發生的一切，我就得到了永久的安慰。朱莉待我很好，病中一直看護我，我們常談到

你。我們一起讀你的這封來信，我們都流了淚。

我的朋友，我就要死了！我多麼想留給你一些紀念品，但我家已全被**查封**①，沒有一件是屬於我的了。親愛的，你來參加我財產的拍賣吧，你定能買到幾件東西。

多麼淒涼的人生，我就要離它而去了。願慈祥的上帝讓我在死前再能見你一面。看來是異想天開。永別了，我的朋友！原諒我的手再也沒有力氣寫下去了。

瑪格麗特‧戈蒂埃」

我把信還給亞芒。他把信拿到唇邊吻着，熱淚縱橫：「她到死還在想着我！我那時多麼狠心地折磨她呀，我不配受她寬恕！」

不了解別人痛苦的原因而要安慰他，是很不容易的。但我對這青年已產生了強烈的同情心，便說：「不妨告訴我你悲傷的原因，把內心的痛苦吐露出來

---

① **查封**：檢查以後貼上封條，禁止動用。若有人動用，會被控以侵吞查封物資之罪。

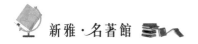
後，會感到輕鬆一些。」

「你說得對。但今天我只想痛哭一場。改天吧，我把這故事講給你聽，你就會明白我對這可憐的姑娘戀戀不捨是有道理的。請允許我再來看你。」

年輕人的目光善良又溫柔，我幾乎想上前去擁抱他。「好吧，勇敢一些！」我對他說。

他的雙眼又閃現着淚花。「再見！」他向我告別後拚命忍住淚水，從我家裏逃了出去——因為很難說他是走出去的。我撩起窗簾，見他一登上馬車就用手帕捂住臉，一定淚如泉湧。

第五章

相 識 在 劇 院

　　約莫過了三個星期，亞芒一直沒露面。我情不自禁地關心起這個年輕人來了。從他悲痛失望之情真意切，我估計他不會把再來看我的承諾連同死者一起忘了。我揣測到這裏有一段情深動人的愛情故事，也許是我急於想知道這故事，所以對亞芒的銷聲匿跡感到焦急不安。

　　我千方百計去打聽亞芒的住址，最後在瑪格麗特守墓人那兒得到了。

　　守墓人在一大本名冊上找到瑪格麗特的名字，領我去看了她的墓——那是由鐵柵欄圍起的一方花壇，蓋滿了白茶花。若不是一塊白色大理石雕刻着死者的姓名，簡直看不出是墳墓。

　　守墓人説，有個年輕人吩咐他，只要墓上有一朵茶花枯萎了，就要換上鮮花，並給了他地址，叫他按時去收取買花的錢。

我在守墓人手裏塞了幾個錢，拿了地址就直奔亞芒的住處。

果然，亞芒病倒在牀上。因為旅途的辛勞和過度憂傷，他的身心不堪重負，染上了腦炎。在他生病期間，我幾乎沒有離開過他的房間，我們成了莫逆之交。

一個春天的傍晚，我們坐在窗前。亞芒大病初癒，高燒剛退，身體極度虛弱。望着窗外的美景，他開口說道：「差不多也是這麼個季節，也像這麼個傍晚，我認識了瑪格麗特。」

我裝作毫無反應，怕提起這事會使他情緒激動。

「我還是應當把這故事講給你聽，你可以寫一本書，別人未必相信，但可能很有意思。」

「既然你願意講，我就洗耳恭聽。」

下面就是他對我說的內容，故事感人肺腑，我幾乎沒作什麼改動，就以亞芒的口吻記下來：

我第一次看見瑪格麗特，是在交易所廣場**絮斯**

> ### 知識泉
>
> 腦炎：腦組織炎性病變的總稱，可由不同病因（如病毒、感染中毒等）引起。症狀是高熱、頭痛、嘔吐、昏迷、驚厥等。

店^①門口。一輛敞篷四輪馬車停在那兒，一個白衣女子下了車，走進店裏。她的出現引起了周圍一陣低低的讚歎聲，而我呢，就像被釘在原地不能動彈，從她進店一直到她出來。

她的服飾雅緻：身穿一條鑲滿花邊的細紗長裙，肩披一塊印度方圍巾，方巾四角有金絲鑲邊和絲繡花朵。她頭戴一頂意大利草帽，腕上戴着一隻獨特的粗金手鐲。

一個店員送她出來，她坐上馬車走了。我走過去向那店員打聽她的姓名。

「她是瑪格麗特・戈蒂埃小姐。」他説。

這次的**驚鴻一瞥**^②給我留下深刻的印象，從此我到處尋找這位皇后般美麗的白衣女子。

幾天後，喜劇歌劇院有一次盛大的演出，我和朋友去了。我第一眼就見到瑪格麗特・戈蒂埃坐在台前側面的一個包廂裏。她正好拿着望遠鏡朝我們這邊觀

---

① **絮斯店**：巴黎著名女子時裝店，當時上流社會婦女常在此出入。
② **驚鴻一瞥**：比喻美人、美事短暫出現。

望，發現了我的朋友，對他微微一笑，招手要他去看她。我情不自禁地對他説：「你真幸福！」

「怎麼幸福？」

「有幸能去見她。」

「難道你愛上她了？」

「不，」我漲紅了臉，「只是很想認識她。」

「跟我來，我給你介紹。」

「應該先徵得她的同意才好。」

「啊，可以啦，跟她是不必客氣的，走！」

他這句話使我很難受。我怕由此而證實瑪格麗特不值得我對她如此多情。可是我還是想認識她，只有用這個惟一的方法才能知道她是怎樣的一個人。於是我對朋友説，一定要他先徵得她同意，再把我介紹給她。我在走廊裏踱來踱去，思量着等會兒見到她後應説些什麼。

不一會兒，我的朋友下樓來帶我到她包廂去，去之前他先到糖果店去買了一斤**糖漬葡萄**：「她就愛吃這種糖果，從不吃別

知識泉

糖漬葡萄：把新鮮葡萄浸泡在濃糖漿中製成，蜜餞的一種。

的，大家都知道。」

他又接着说：「你別以為你將見到一位公爵夫人，你知道她是什麼樣的女人嗎？她不過是個受寵幸的妓女罷了，你不必拘束的。」

看來我的相思病要不治而癒了，我想。

我一進包廂，就聽到瑪格麗特在放聲大笑，我倒是寧願看見她愁眉苦臉的。

我的朋友把我介紹給她，她對我微微點了點頭，就問：「我的糖果呢？」

「在這兒。」

她接過糖果的時候望了望我，我垂下雙眼，臉漲得通紅。她俯身對身邊的女伴低聲耳語了幾句，兩人都咯咯大笑起來。

毫無疑問，我成了她們的笑柄，我那發窘的尷尬樣更使她們笑個不停。我的朋友為我解圍：「瑪格麗特，你弄得我的朋友不知所措呢！」

「我想你是覺得一個人來會無聊，才帶他來的吧？」

我開口了：「如果是這樣的話，我就不會要他先

徵求你的同意才來了。」

　　「那是你的藉口呀，我才不會上當呢！」之後瑪格麗特就只顧吃她的糖葡萄，不理我了。

　　只要與這類女人稍有來往，就知道她們就愛戲弄

初次見面的人，故意耍點小聰明來調侃逗弄人。我
沒有這類經驗，覺得她的說話太過分，便告辭退了

出來。關門時我聽到了第三次哄笑聲，此時我心力交疲，真想有人扶我一把。

我回到座位上，心裏發誓再也不見這個女子了。可是，不再想她談何容易，另一種感情折磨着我，即使傾家蕩產，我也要得到她。

閉幕之前，瑪格麗特和女友離開了包廂，我也離了座，悄悄跟着她們來到金屋咖啡館。半夜一點鐘，瑪格麗特和朋友們登上馬車，我也跳上一輛馬車尾隨着。車子停在昂丹街九號，瑪格麗特獨自一人下了車回家。

自此後我常遇見瑪格麗特。她總是那麼歡樂，我總是那樣激動。

有好一陣子沒見到她，我就向朋友加斯東打聽，他說：「你不知道嗎？這可憐的姑娘得了肺病，病得很重，危在旦夕了。」

我每天到她住處去打聽她的病情，既不通報姓名，也不留下名片。後來我知道她的病好了一些，去巴涅爾療養了。

時光流逝，她給我的印象已漸漸在我腦海中淡薄

了。我外出旅行、走訪親友，生活瑣事和日常工作沖淡了我對她的思念。即使有時我回憶起那次與她相識的可笑情景，也不過把它當作是一時的感情衝動。這種事在年輕人中是常有的，一般都事過境遷，一笑置之罷了。

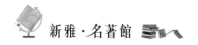

第六章
深夜的訪問

亞芒把頭靠在扶手椅的靠背上，歇了一會兒又接着說：

是啊，也就是像今天這樣一個傍晚！我和朋友加斯東在鄉間玩了一天，晚上回到巴黎，不知幹什麼好，就到歌劇院去看戲。

幕間休息時，我們到走廊裏休息。一個身材修長的女子走過，加斯東向她問好。

「你在跟誰打招呼？」我問他。

「瑪格麗特・戈蒂埃。」加斯東說。

「她的模樣變得好厲害，我幾乎認不出她了。」我激動地說。

「她生過一場病，看來活不長了。」

我兩年沒見她，但是一聽到她的名字，我的心仍禁不住怦怦亂跳。我明白自己仍愛着她，但我覺得自己比以前堅強些了，我希望再次能與瑪格麗特見面，

讓她看看我比她優越得多。

　　戲又開演了，我對演出心不在焉，目不轉睛地望着包廂裏的她。她面帶病容，四月天裏卻還全身裹着天鵝絨衣裳。

　　我思量着如何找機會與她見面。忽見她與對面包廂的一位胖女人打招呼，我定睛一看，那是我很熟悉的普呂丹絲，機會來了！

　　我抽空來到普呂丹絲的包廂，向她這類女人打聽消息是不用什麼外交手腕的，我就直接問她：「剛才你在跟瑪格麗特打招呼？」

　　「是呀，她是我的主顧，又是我的鄰居，我住七號，她住九號，我們梳妝室的窗子正好對着。」

　　「聽説她是一個迷人的姑娘？」

　　「難道你不認識她？要不要叫她來這裏？」

　　「不，最好上她家去，把我介紹給她。」

　　「這不好辦，有個嫉妒心很重的老公爵監護着她。」於是普呂丹絲告訴我，瑪格麗特是如何在巴涅爾認識公爵的。「過一會兒他會來接她回去的呢。」

　　我與普呂丹絲説好，散場後由我和加斯東送她回

家。臨散場時，果然，一個七十來歲的老人來到瑪格麗特的包廂，坐下後遞給她一袋糖果。若能取代這老頭，我少活十年也甘心。

戲一結束，我們坐馬車送普呂丹絲回家，她邀請我們上樓看看她的商品，我求之不得呢。

我把話題轉到瑪格麗特身上：「老公爵在你鄰居家裏吧？」

「不會，她常把我叫過去一起消磨夜晚，清晨兩點以前她是睡不着的，因為她常發燒。每次我去她家，都沒見有別人在場，有時見一位N伯爵，但她討厭這個人，說他蠢。這可是個闊少爺呢，我勸她要找個這樣的靠山，她就是不聽！那老公爵真煩人，把她叫作女兒，卻一直派人在街上監視，看看有誰進出她家！」

「啊，可憐的瑪格麗特，怪不得最近她看來不大高興呢。」加斯東一面彈琴一面說。

「噓！好像她在叫我呢！」普呂丹絲跑進梳妝室打開窗子，我們躲在一旁聽着。

「我叫了你足足有十分鐘！馬上過來，N伯爵死賴着不走，煩死我了！」瑪格麗特說。

「不行呀，我這兒有兩個年輕人呢！」

「是誰呀？」

「有一個是你認識的，加斯東‧里約先生。另一個是亞芒‧杜瓦勒先生。」

「不認識。都帶過來吧，除了伯爵，誰都可以，快點來！」

很明顯，瑪格麗特已經忘了我的名字了。我激動地跟普呂丹絲去她家，似乎預感到這次拜訪將給我的一生帶來重大影響。

一個女僕為我們開了門。小客廳裏，一個年輕人百般無聊地靠着壁爐站着，瑪格麗特在彈琴，顯得很煩躁。

「晚上好，親愛的加斯東！」瑪格麗特起身迎接我們，「在劇院裏為什麼不來我的包廂？」

「我怕太冒失呢。」

「我們是朋友呀，談不上什麼冒失的。」

「那麼請允許我向你介紹亞芒‧杜瓦勒先生。」

我鞠了個躬：「小姐，我早已有幸被人介紹了給你。感謝你忘掉了那次介紹，因為那時我非常可笑，

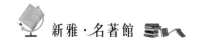

一定也使你感到很討厭。那是兩年以前，在喜劇院裏的事。」

「啊，我想起來了！」瑪格麗特微笑着説，「那不是你可笑，是我愛捉弄人，現在好些了。醫生説那是因為我有些神經過敏，而且總是感到不舒服的緣故。請原諒我吧！」

「那當然。但是現在看來你很健康。」

「啊，我生過一場大病。」

「我知道。那時我常來問你的消息。」

「我從來沒收到過你的名片。」

「我從來不留名片。」

「難道那個年輕人就是你嗎！在我生病時，他每天來打聽我的病情，卻不願留下姓名。」

「那麼説來，你不僅寬宏大量，而且還心地善良。伯爵，你就做不到這樣吧？」

「我不過在兩個月以前才認識你的呀！」N伯爵辯解道。

「這位先生認識我還不到五分鐘呢，你盡講些蠢話！」女人對她們不喜歡的人是冷酷無情的。伯爵漲

紅了臉，咬着嘴唇。我很同情他。

伯爵掏出一塊非常精美的懷錶來看了看時間：「我該去俱樂部了。」瑪格麗特不作聲。伯爵只得向大家告辭走了。等門一關，瑪格麗特就像個孩子般嚷了起來：「呀，這個討厭鬼終於走了！你們要不要吃點夜宵？我想喝點**潘趣酒**呢。」於是她吩咐女僕準備吃的。

> ### 知識泉
>
> **懷錶**：放在衣袋裏使用的錶，一般比手錶大，有的用金屬鏈繫在腰帶上。
>
> **潘趣酒**：酒同熱水、糖、檸檬、香料等混合製成的飲料，也叫五味酒。

我望着她，越看越癡迷。她美，她還具有一種獨特的魅力。她表現出不曲意逢迎的品格，竟然不肯接受一個漂亮、富有、準備為她犧牲一切的青年。她雖已失足，但內心仍不失純真，有一種傲氣和獨立的氣概。

進餐時，大家嘻笑玩鬧，大吃大喝，情緒十分歡樂。可是，我的酒杯始終還是滿滿的。眼看着二十來歲的這麼一位美女，像個**腳夫**[①]一樣喝酒、說粗話、

[①] **腳夫**：舊稱搬運工人，在此指一般的粗俗人。

唱下流的歌，別人越是講得不堪入耳，她就笑得越是開心……看到這些，我悶悶不樂，甚至產生悲哀的感覺。我覺得，如此尋歡作樂，在瑪格麗特身上是一種忘卻現實的需要，一種對自己的麻醉，一種**神經質**[1]

---

[1] **神經質**：指人的神經過敏、膽小怯懦、感情容易衝動的性質。

的發作。每喝完一杯香檳酒，她的
兩頰便泛起紅暈，引起一陣咳嗽。
她越咳越厲害，每次咳時，她只好
仰頭靠在椅背上，雙手用力按住胸
部。我真為她感到心疼，這樣的狂
飲只會害了她。

知識泉

香檳酒：含有二氧化
碳的起泡沫的白葡萄酒，
因原產於法國香檳一地而
得名。

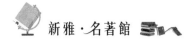

第七章

坦 誠 的 表 白

我擔心的事終於發生了：夜宵即將結束時，瑪格麗特咳得死去活來，彷彿她的胸膛快要碎裂似的。她的臉漲成紫紅色，痛楚使她閉上了眼睛。她拿起餐巾擦擦嘴唇，只見一滴鮮血染在巾上，她連忙起身，跑進梳妝室。

「瑪格麗特怎麼啦？」加斯東問。

「她笑得太厲害，咳出血來了。」普呂丹絲説，「沒事的，她每天如此，一會兒就好了。」

我卻坐不住了，立刻跑進房去看她。娜寧和普呂丹絲滿臉驚訝，想阻止我也來不及了。

她的房裏只點着一支蠟燭。她仰面躺在一張大沙發上，一手按着心口，另一隻手垂在沙發上。桌上有個銀盆，盛着半盆水，水裏飄浮着縷縷血絲，猶如大理石花紋。

> **知識泉**
>
> 大理石：大理岩的通稱。一種變質岩，一般是白色或帶有黑、灰、褐等色的花紋，有光澤，多用作裝飾品及雕刻、建築材料。

　　我走過去坐了下來，握住她的一隻手。「啊，是你！」她微笑着對我說，見我那樣驚慌失措，問道：「你也病了嗎？」

　　「沒有。你還難受嗎？」

　　「好一些了。我已經習慣了。」

　　「你這是在自殺，小姐！」我很激動地說，「我想成為你的朋友、你的親人，不讓你這樣糟塌自己！」

　　「啊，你實在不用這麼大驚小怪，」她帶點苦澀的語調說，「你看別人，誰還關心我？他們都清楚這種病是無藥可治的。」

　　她站起身來照了照鏡子，理了下散亂的頭髮：「瞧我多蒼白！管它呢！來，我們回桌子上去吧！」

　　我坐着不動。她走過來向我伸出手：「來吧！」我握住她的手，放在唇邊親吻着，忍了好久的淚水禁不住流了下來，濕了她的手。

　　「噯，多孩子氣！你哭了？」她坐了下來。

　　我再也抑制不住自己的感情了：「聽我說，瑪格麗特，現在我最關心的就是你。看在上天的份上，好

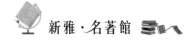

好保重自己，別再這樣生活了！」

「假如我保重自己，就會死得更快。現在支撐着我的，就是這種狂熱的生活。我們這種人，一天不能供情人們尋歡作樂，他們就會拋棄我們。我曾病了兩個月，到了第三個星期就沒有人來看我了。」

「我那時不是每天都來問你的消息嗎？只要你願意，我會像親兄弟一樣來照顧你，不離開你，把你的病治好。」

「盡說孩子話，走，我們回飯廳去吧。」

「你回去吧，請允許我留在這兒。」

「為什麼？」

「因為你的歡樂使我很難受。」

「那麼，我就愁眉苦臉好了。」

「啊，瑪格麗特，讓我對你講一件事，人家也許是常對你說的，你聽慣了也就不當一回事。但我不能不實說，以後也絕不說第二遍。」

「是什麼呀？」她微笑着，好像是一位年輕的母親在聽孩子說傻話。

「自從我見到你之後，也不知為什麼，你在我

的生命中就佔了一個位置。我曾想忘掉你，但是辦不到。兩年之後的今天又遇見你，你在我心目中的地位更加重要了。現在你接待了我，我認識了你，知道了你的一切，你成了我生命中不可缺少的人了。別説你不愛我，如果你不讓我愛你，我會發瘋的。」

「你這個可憐蟲！難道你不知道，我每月要花費六、七千法郎，這已是我生活的需要；難道你不知道，要不了多久，我就會令你破產，你的家庭會教訓你別跟我來往。像一個好朋友那樣愛我好了，別把我看得有什麼了不起，我是分文不值的。」

「你們在這裏搞什麼鬼啊？」普呂丹絲在門口叫道。

「我們在談正經事，一會兒就來。」瑪格麗特回答，只剩下我們兩人時，她接着説：「就這樣一言為定，你就不要再愛我了。」

「那我馬上就走。」

「那也不至於到這地步？你真是那麼認真嗎？」

「是真的。」

「你以為你是在跟誰打交道？我既不是黃花閨

女，也不是公爵夫人。就算我以後做了你的情婦，你一定也要知道，除了你，我還有別的情人。如果醋性大發，怎麼辦？我從沒見過像你這樣的男人。」

「這是因為沒有人像我這樣愛你。」

「說心裏話，你真的很愛我？」

「愛能到什麼程度，我就愛到了什麼程度。」

「從什麼時候開始的？」

「自從見你下馬車走進絮斯店那天起就開始了，已經有三年了。」

「啊，真叫人受寵若驚。我該怎樣報答這深情厚意呢？」

「應該給我一點愛。」我說着，心跳得很厲害。看來，瑪格麗特也有點心慌意亂了，我苦苦等待的時刻臨近了。我慢慢挨近她，輕輕摟住了她：「要是你知道我是多麼愛你……」

「那好，如果你答允一切照我的意思辦，不監視我不盤問我，也許我會愛你的。」

「全都聽你的！」

「我有言在先，我可自由行事，有關我的生活瑣

事對別人無可奉告。很久以來我一直在尋找一個年輕的情人，他必須千依百順，多情而不多心，接受我的愛但又不要求權利。我始終沒找到。男人總是這樣：一旦得到了所想要的，久而久之便不滿足了，要求了解情人的現在、過去、乃至將來，想要控制她，得寸進尺。如果我打定主意要找個情人，我要求他具備三種品質：信任、順從、穩重。」

「好吧，你要的一切，我都辦得到。」

「那很好。」

「我什麼時候可以再見你呢？」我擁抱她。

她掙脫我的懷抱，從一大束紅茶花中摘了一朵，插在我的**衣襟**①上：「當這朵茶花變色的時候。因為條約總不能當天簽訂，當天執行。」

「它什麼時候變色呢？」

「明天晚上，十一點到十二點之間。這事要守口如瓶，對誰也別説。現在，吻我一下，回飯廳去吧。」她把唇貼近我親了一下，理了理頭髮，唱着歌走回飯廳，我簡直要樂瘋了！

忽然她停下腳步，低聲對我説：「我似乎馬上準備領你的情，要愛上你了。你知道這是為什麼嗎？這是因為，明擺着我的壽命比別人短，我要讓自己活得更痛快些。」

「千萬別説這種話，我求求你。」我淒然説。

①**衣襟**：上衣、袍子前面的部分。

第八章
第 一 次 約 會

講到這兒，亞芒停了下來。他要我關上窗，然後他脫去晨袍躺在牀上，像是經過長途跋涉般勞累，又像是被痛苦的往事弄得心煩意亂。

「你還很虛弱，可能今天說得太多了，改日再講吧。」我說。

「你假如沒聽膩，我還是繼續講下去，反正我也睡不着。」於是亞芒繼續講他的故事：

我從瑪格麗特那裏回來後，很晚都沒有睡，一味回想着這天的遭遇。這一切都來得太快了，完全出乎意料，好像是在做夢。

為什麼瑪格麗特拒絕那個年輕的N伯爵，也沒找上聰明而富有的加斯東，偏偏看上我呢？是不是我對她的關心終於使她看到，我是與眾不同的，我是真心愛她

的？這是確定無疑的——她已經同意接受我的愛了。

我糊里糊塗，如癡如狂。時而覺得自己不夠英俊、不夠富裕、不夠瀟灑，不配擁有這樣一個女子；時而又為自己的成功而洋洋得意。後來又擔心瑪格麗特是**逢場作戲**①，對我只有幾天的**露水恩情**②，甚至預感到此段感情凶多吉少，很快就會破裂；轉而又固執己見，認為她與別的姑娘不同，產生了無限希望和信心，決心要治好她肉體上和精神上的疾病，與她共度餘生。

總之，這一整夜裏我似乎產生過千萬個念頭，思緒起伏，直到天亮才昏昏入睡。

醒來已是下午兩點，天氣晴朗，我的心情也好極了，一切憂慮猶豫都離我而去。

我用了三個鐘頭來梳洗打扮，不停地看鐘或看錶。十點半鐘一敲，我就出門了。

---

① **逢場作戲**：原指賣藝人遇到合適的演出場地，就開場表演。後來指遇到機會，偶然玩玩，湊湊熱鬧。

② **露水恩情**：比喻短暫的、易於消失的感情，因為露水遇到陽光即蒸發消失。

　　從我住處到瑪格麗特家只要五分鐘，於是我在那條街上來回踱步。半個小時後，瑪格麗特回來了，正當她要拉門鈴時，我走上前去對她說：「晚上好！」

　　「噢，是你呀！」她的語氣好像不大高興。

　　「你不是答應我今天來看你的嗎？」

　　「我早就忘了呢！」

　　這句話把我白天的希望一掃而光。不過，我已習慣她這種待人接物的方式，沒一走了之。

　　娜寧開了門，瑪格麗特問她：「普呂丹絲回來了嗎？」

　　「沒有，小姐。」

　　「去說一聲，要她一回家就過來。如果有人來，就說我沒回來，今晚不回來了。」

　　她脫去帽子和外衣，往牀上一扔，然後倒身坐在大靠椅裏，玩着錶鍊。看來她今天心裏很煩，弄得我不知所措，好像不該來。

　　門鈴響了，她出去開門，我聽出是昨晚的N伯爵在問：「今晚你身體怎麼樣？」

　　「不好。」她生硬地回答。

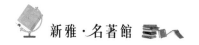

「我打攪你了？得罪你什麼了？」

「我病了，我要睡覺！你真要我的命，每天晚上來煩我。要我做你的情人？我已經説過一百個不行，今天對你重複説最後一遍：我不要你，死了心吧！」她重重關上門回到卧室。

娜寧正好從普呂丹絲那兒回來，瑪格麗特對她發作：「聽着，以後見到這渾蛋就説我不願見他！煩透了！他們花些錢，就想把我們包起來了。做我們這行的真是可憐啊，我們的虛榮心會一點點毀了我們的心靈、肉體和姿色，總有一天在毀了別人和自己後，像條狗般死去！」

「好了，小姐，你冷靜一下，別神經質了。」娜寧勸她。

「普呂丹絲還沒回來？你看，需要我的時候她就一直纏着我，卻不肯誠心幫我一次忙。明知今晚我等着回音，她卻自顧着玩！」

她進了梳妝室，把我冷在一旁。可是，想到她的這種無奈生活，憐憫之心又取代了不悦。

普呂丹絲來了，見了我就説：「呀，你在這裏？

瑪格麗特呢?」

「在梳妝室。」

「你知道嗎?昨晚你們走了以後,她向我打聽你的情況呢。問我你是什麼人,幹什麼的,有過什麼樣的情人……我把我知道的全告訴她了,還補充了句說你是個可愛的小伙子。」

「謝謝你。」

這時瑪格麗特從梳妝室出來,頭上俏皮地戴着一頂睡帽,帽上綴着甘藍緞結,十分迷人。

「事情辦得怎麼樣?見到公爵嗎?」她問。

「總算見到了,給了六千。」普呂丹絲交給瑪格麗特六張一千法郎的鈔票。

「他不高興了?」

「沒有。」

「可憐的人！親愛的普呂丹絲，你要錢嗎？」

「如果能借給我三、四百，就幫我忙啦！」

「明天早上來取吧，現在換錢太晚了。」

「別忘了呀，明天見。亞芒，再見。」

普呂丹絲走了。瑪格麗特把錢扔進壁櫃：掀開牀罩躺了下來：「坐過來，聊聊天。」

普呂丹絲帶來的回音使她心情好了很多。

「今晚我脾氣不好，能原諒我嗎？」她拉過我的手問道。

「我什麼都可原諒你。」

「你愛我嗎？」

「愛得發瘋。」

「我脾氣不好，你也愛我？」

「不論如何我都愛。」

「你向我起誓！」

「我起誓！」我柔聲說。

這時，娜寧端來了夜宵食品。

「放桌上吧，我們自己用餐。你去睡吧，我什麼

都不需要了。」瑪格麗特吩咐娜寧。

「要把門鎖上嗎？」

「當然嘍！明天中午以前別讓人進來。」

清晨五點，晨曦透過窗簾射進屋裏，瑪格麗特對我説：「很抱歉，我要趕你走了，這是不得已的事。公爵每天早上都會來等我睡醒的。」

「我們什麼時候再見？」

「聽着，壁爐上有把金色小鑰匙，拿去打開這扇門再送回家。今天你會收到我的一封信和指令，你知道你必須服從。」

「我能不能向你要一樣東西呢？」

「什麼事呀？」

「要求你把鑰匙給我。」

「我從沒把它給過別人。」

「就給我吧，別人不會像我那樣愛你的。」

「好吧，你就留着它吧！」

街上空無一人，城市還在沉睡。幸福溢滿我的胸膛，我似乎覺得，這城市是屬於我的了！

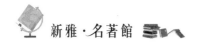

第九章
嫉妒心起

回到家裏，我真是欣喜若狂。想到我已擁有了她，想到我在她思想裏已佔有一席之地，想到我口袋裏有她房門的鑰匙，我感到此生足矣，不免躊躇滿志。我在甜蜜中入睡了。

瑪格麗特派人送來一封信，我被叫醒了。信上寫着這麼幾個字：

這是我的命令：今晚到沃德維爾劇院。第三次幕間休息時來見我。

瑪‧戈

晚上七點鐘我就到了劇院，我從沒這麼早就進劇場的。所有的包廂都陸續坐滿了，只有前面側邊的一個空着。

第三幕開始的時候，我聽見那個包廂開門的聲音，瑪格麗特出現了。她今天打扮得漂亮極了，是不

是為了我而打扮的？這使我感到十分幸福。

她立刻探身向池座裏探望，看見了我，就用目光向我致意。

知識泉

池座：劇場正廳前部的座位。

普呂丹絲隨後也在包廂就坐，還有一個男子也在後排坐了下來，我認出這是德·G伯爵，我感到渾身冰涼。

無疑，瑪格麗特看出這個男人對我情緒的影響。她對我笑了笑，然後背對伯爵，好像全神貫注在看戲。等到幕間休息時，她轉過身去對伯爵説了幾句話，伯爵離開了包廂，瑪格麗特就打手勢要我去看她。

「晚上好！」我進了包廂後向她們打招呼。

「請坐。」

「我佔了別人的位置吧？G伯爵不回來了嗎？」

「還回來的，我打發他去買糖果了，這樣我們可以聊一會兒。」

我不作聲。

「你今晚怎麼啦？」

「我有點不舒服。」

　　「那你應該回去睡覺！」她俏皮地說，「得了得了，別因為看見有個男人在我包廂裏，就來給我臉色看。」

　　「不是為了這個緣故。」

　　「我一看就知道是為了這個。好了，別提了，散場後你就去普呂丹絲那裏，我會叫你來的。你還愛我嗎？」

　　「這還用問嗎？」

　　「現在回到你的座位上去吧。伯爵就要回來了。今天他送來了票，還要陪我來，你應該知道我是不能拒絕他的。我所能做的就是寫信告訴你我在哪兒，你就可以見到我，我也很希望早些看見你。既然你會介意，我今後就盡量避免這樣的事情發生。」

　　「我錯了，請原諒我吧。」

　　「好吧，不要再吃醋了。」

　　她吻了我一下，我就走了出來。散場時我見他們三個一起上了馬車，我傷心地走了。

　　一刻鐘後我就到了普呂丹絲家裏，她也剛到家。

　　「瑪格麗特在哪裏呀？」我問普呂丹絲。

「在她家裏。」

「她一個人嗎？」

「與G伯爵在一起。」

我忿忿地大步在客廳裏來回踱着。

「喂，你怎麼啦？」

「你以為我在這裏等G先生從她家裏出來，會好受嗎？」

「你這人真不通情理！要知道，瑪格麗特是不能把G伯爵趕出門的。是他捧紅了她，有多年的交情，還總是給她很多錢。她一年要花費近十萬法郎，老公爵只能給她六、七萬，如何夠用呢？她又欠了很多債。G伯爵每年至少給她萬把法郎，她不能跟他鬧翻。瑪格麗特很愛你，可是你倆都不能把這段感情看得太認真。你那一年七、八千法郎的收入，是不夠姑娘揮霍的，就連馬車也維持不了。你已經有了巴黎最出色的女人做情婦，她在自己華貴的住宅接待你，不花你一文錢，可你還不滿足，跟她鬧什麼爭風吃醋的把戲，太過分了！」

「你說得對。可是我一想到她有其他的情人，就

感到萬分傷心，不能控制自己。」

「作為巴黎的名妓，不同時拉着三、四個情人，你叫她們如何維持豪華的場面？何況G伯爵現在並不是她的情人，只是個用得着的人而已。再說，就算瑪格麗特為你作出最大犧牲，放棄公爵和伯爵，你能為她作出同樣的犧牲？將來你玩厭了她、離開了她，如何償還她為你蒙受的損失？如果你真是有良心，一直留她在身邊，那也只是自討苦吃，這種關係對年青人來說是可以原諒的，而對成年人來說卻是一種障礙，對家庭、對事業都是如此，會妨礙你的前途的。好好想想吧，別太癡了！」

她的這番話在我腦裏嗡嗡作響，我不得不承認她有理。但我的一片真愛，總覺得與這一番道理很難對號入座，所以我不斷唉聲嘆氣。

伯爵終於出來了。瑪格麗特叫我們過去吃夜宵。我一進屋，她就向我奔來，跳起來摟住我的頸脖，使勁地擁抱我親吻我。

「難道我們還要**鬧彆扭**①嗎？」她問我。

---

① **鬧彆扭**：彼此有意見而合不來，或因不滿意對方而故意為難。

「不，不會了，」普呂丹絲回答說，「我對他開導了一通，他會乖乖的了。」

「那好極了！」

瑪格麗特已換上白色的浴袍，我們都坐下來享用夜宵。

知識泉

浴袍：專供洗澡前後穿的長袍，通常用吸水力較強的毛巾布或棉布製成。

嫵媚、溫柔、多情，都集於瑪格麗特一身，我不得不提醒自己，我沒權利再向她要求什麼；不得不承認別人處在我的地位，一定會感到很幸福很幸福。

吃完夜宵，我單獨與瑪格麗特在一起了。她像往常一樣，坐在火爐前的地毯上沉思。

「你知道我在想什麼？」

「不知道。」

「我想到一個好主意，現在還剛着手進行，最終的結果是，再過一個月我就可以自由了，什麼也不欠了，我們可以一起去鄉下避暑。」

「可以告訴我，用什麼辦法嗎？」

「不行，只要你愛我像我愛你那樣，就萬事大吉了。」她熱情地抓住我的手，迷人的笑容使我無法抗

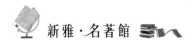

　　拒，「讓我倆共享一段清靜日子，我們會很幸福的，這對我的健康也好。聽我安排吧！」

　　我們又度過了一個愉快的夜晚。

　　早上六點鐘，我離開之前問她：「今天晚上見？」

　　她更熱烈地抱吻我，但沒有回答我。

第十章
～ 又一次原諒 ～

白天，我收到瑪格麗特的信，上面寫着：

「親愛的孩子，我有點不舒服，醫生叫我休息。今晚我要早些睡，我們就不見面了。但是為了給你作一補償，明天中午我等你。我愛你。」

讀後，我的第一個念頭是：她在騙我！

我應該預料到，跟她在一起，這種事情幾乎是家常便飯，以前在我別的情人身上也發生過，我都不怎麼介意。但為何對瑪格麗特的懷疑卻弄得我心煩意亂呢？我實在是太愛她了！

於是我想到：既然我有她家的鑰匙，何不去查看一下，這就可真相大白。如果遇見一個男子在她家，我就給他一個耳光。

晚上，我先到她常去的幾個劇院找她，她不在。十一點鐘，我來到昂丹街。

　　瑪格麗特的窗戶沒有亮光，我仍按了門鈴。

　　「瑪格麗特小姐在家嗎？」我問看門人。

　　「還沒回來呢。」說着，他把門關上了。

　　我本可以強行進去的，因為我手裏有鑰匙，但我又怕弄得太尷尬，只好退了出來。

　　但是我沒有回家。我在昂丹街上徘徊，眼睛一直盯住瑪格麗特的家。深夜十二點鐘的時候，一輛我熟悉的馬車停在她家門口，G伯爵下車後打發馬車回去，徑直走進屋去。

　　我真希望看到G伯爵也像我一樣被攔住和退出來。可是他沒有。一直到清晨四點鐘，我還在等着，心頭的痛苦是言語不能形容的。

　　回到家後，我像個孩子般哭了起來，繼而是怒不可遏。我痛下決心，必須立即斷絕這段感情，回到我父親和妹妹身邊。只有他們對我的愛，是不會欺騙我的。我等着天亮後去訂車票。但是我又要使瑪格麗特知道我為什麼要走，我不能讓她幸災樂禍，不能讓她知道這事造成我多大的痛苦。於是我懷着惱怒和痛苦的心情，寫了下面這封信：

　　「親愛的瑪格麗特：但願你昨天貴體欠安無傷大雅。十一點鐘時，我來打聽你的消息，說是你還未回家。G先生比我幸福，因為不久後他就登堂入室，直至清晨四點還在你家。

　　我打算回到父親那兒去了。再見了，讓我們互相忘卻吧。在你，是忘卻一個無關痛癢的名字；在我呢，忘卻一個無法實現的美夢。

　　奉還你的鑰匙，我還未曾用過，但對你必有用，倘若你經常像昨天那樣鬧病的話。」

　　上午十點，我叫僕人把信送去，指望她能回信。人是多麼軟弱、多麼可憐啊！

　　僕人回來說：「小姐還在牀上睡着。不過只要她醒了，信就會給她的。」

　　有多少次，我差點想派人把信要回來——**捫心自問**[1]，我有什麼權利給她寫如此無禮的信？但可能人家已把信交給了她，豈能讓人看出我有後悔之意？

　　十點、十一點、十二點，她沒回信。我開始後悔

---

[1] **捫心自問**：摸摸胸口，表示反省。捫，是按、摸的意思。

那封信的措辭了。我本應保持沉默前去赴約，我要聽她自我辯解，無論她説什麼理由，我都會相信。

五點鐘，我去香榭麗舍大街，抱定主意在遇見她時，要裝出滿不在乎的樣子。她的馬車真的開過來了，但我驚慌失措，什麼也沒看清。

晚上，我到王宮劇院和其他幾個戲院去找，可是到處都沒有她。

是不是我的信使她太難受，連戲都無心看了？或是她怕見到我，故意迴避一場解釋？

在馬路上卻見到了加斯東，他問我：

「咦，你怎麼沒跟瑪格麗特一塊兒看歌劇？」

哦，她在歌劇院！

「為什麼她去的地方，我就得去呢？」

「因為你是她的情人呀！普呂丹絲昨天告訴我的。恭喜你啊，這是個漂亮的情婦，不是誰都可以弄到手的。好好抓住她！」

假如他昨天説這些，我就不會寫那傻信了。

那晚，我後悔莫及。一切都向我表明，瑪格麗特是愛着我的，希望在我身上找到誠摯的愛，使她擺脱

買賣愛情的生活困擾，得到真情實意的安慰。可是我只做了她二十四小時的情人，就毀了她的希望。我的所作所為豈止可笑，還很粗魯，簡直在扮演**奧塞羅**的角色。我必須當機立斷：要麼與她一刀兩斷；要麼自己不能再對她疑神疑鬼。不知她是否還肯接待我。

知識泉

奧塞羅：莎士比亞同名悲劇中的主角，性格多疑，好嫉妒、聽信謠言，懷疑妻子不忠而親手殺了她，後來悔恨莫及。

清早，我到普呂丹絲那兒，告訴她我要買車票去C城看父親，實質我是想刺探一下。普呂丹絲知道我倆破裂的事，她也讀了信。

「瑪格麗特怎麼說？」

「她說你沒禮貌。這種信，心裏想想可以，但是不該寫出來。唉，這姑娘愛着你呢！」

「我該怎麼辦呢？寫信向她認錯吧？」

「我想，她會原諒你的。」

我差點要擁抱這個胖女人了。回家後我立即寫信給瑪格麗特：

「有個人對他昨天寫的信後悔莫及。他明天就要

離開巴黎了，假如你不原諒他的話。」

　　我和僕人動手收拾行李的時候，瑪格麗特帶着普呂丹絲到我家來了。

　　我握住瑪格麗特的手，跪了下去，萬分激動地

説：「請原諒我！」

　她吻了吻我的額頭：「我已原諒您二次了。」

　普呂丹絲轉到別的房間去，留下我們兩人。

　「瑪格麗特，老實説，你是否有點愛我？」

　「有很多。」

　「那你為什麼欺騙我？」

　「朋友，假如我是公爵夫人，假如我每年有二十萬法郎收入，那你也許有權這麼問。但我有四萬法郎的債，每年花十萬，你要我怎辦？」

　「但我愛你愛得發狂呢！」

　「你應當少愛我點，多了解我些。你的信使我難過。本來我想實現我們去鄉間的避暑計劃，走前我要清理債務，積些錢。我在自己想辦法，不用向你要一個錢，你卻不懂我的心思。我為什麼這麼快愛上你？我吐血時你哭了，你是惟一憐惜我的人。你愛我是為了我，而不是為了你，別人愛我從來是為了他們自己。連普呂丹絲那樣的朋友都時時在我身上滿足她的利益。我要找一個不責怪我的生活、重感情輕肉慾的上等人，你不接受這角色，你就走吧！」

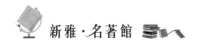

　　「原諒我，原諒我！我明白這一切，讓我作你的如意郎君吧。請撕掉我的信吧！」我説。

　　瑪格麗特掏出我寫的那封信，帶着無限溫柔的微笑：「瞧，我已把它帶來了！」

　　我撕掉信，含淚吻着她的手。

　　我的僕人進來説：「先生，行李收拾好了。」

　　「都解開吧，我不走了！」

第十一章
一次郊遊

　　亞芒講到這兒停了一下，說：「為了使你對整件事情的來龍去脈了解得更清楚，我有必要向你說說我和我的家庭的情況。」

　　我是沒有財產的。我父親是C城的總稅務官，年薪四萬法郎。他為人正直，名聲很好，也很節儉，任職十年就已償還了保證金，並開始為我妹妹積攢嫁妝。我母親死時，留下一筆每年六千法郎的利息收入，父親把它平分給我和我妹妹。我二十一歲那年，他又加給我每年五千法郎的生活費。他說，若是我在司法界或是醫學界謀個職位，加上這每年八千法郎，我就可以在巴黎過得很舒服。所以我就來到巴黎攻讀法律，取得了律師資格。像許多年輕人一樣，我把文憑放在口袋裏，先在巴黎過幾天逍遙生活。雖然我的開銷還

> **知識泉**
>
> 保證金：當時法國政府規定，政府公務員就職前，要向政府交納一筆錢作保證。

算節省，但是八個月就花完了全年的收入，我便到父親那兒過四個月的夏天，如此不但落得一個好兒子的名聲，而且能不欠一個錢的債。

認識了瑪格麗特以後，我的生活開銷就不斷上漲了。雖然她不貪圖我的錢財，但我並不是可以一毛不拔。她是非常任性的，她有千百種嗜好，鮮花啦、包廂啦、夜宵啦、郊遊啦，這些要求你是不能拒絕的。為了盡可能跟我多待在一起，她常常約我一起吃晚飯。於是我去接她到飯館吃飯，飯後看戲，再吃夜宵，一天晚上就要花一百法郎，一個月用到兩三千，我一年的收入只夠用三個半月。

怎麼辦？我要麼借債，要麼離開瑪格麗特。然而我什麼都能接受，就是接受不了後一種。

於是我想出了一個辦法──我開始賭博。

年輕人要大把花錢，卻又沒有足夠財產來維持眼下的生活，賭錢是一個辦法。以前我對這種嘈雜、激烈、緊張的遊戲一想就膽戰心驚，可現在它卻成了我對瑪格麗特愛情的補充，賭博可以暫時轉移我滿腔的狂熱。無論是輸是贏，當我離開賭桌去瑪格麗特那

兒時，心中都會產生強烈的優越感——其他賭徒離去時，豈能像我一樣去找到幸福。

因此，我在賭博時能保持一個極冷靜的頭腦和超脫的態度，再說我的運氣也很好，所以我常常贏。賭桌上的進賬，竟然使我可以毫無困難地滿足瑪格麗特五花八門的任性要求。我的開支比以前多出三倍，但我居然沒有舉債！

瑪格麗特始終如一地愛我，並且逐漸加深。她開始聽從我的勸告，沒費多大力氣，我就使她放棄了一些壞習慣。我讓她去看我的醫生，醫生說惟有休息和寧靜才能使她恢復健康。我改變了她吃夜宵和熬夜的習慣，換成合乎衛生的飲食和有規律的睡眠。她可以晚上不出去看戲而是待在家了，遇上好天氣，我倆就像孩子一樣在小路上散步。這種新生活確實對她的健康有益，她的咳嗽幾乎完全消失了。六個星期後，G伯爵已經完全不成問題，他已經被徹底甩開了。只有老公爵還使我顧忌，我還得繼續對他隱瞞我同瑪格麗特的關係。

一次，我賭錢贏了一萬多法郎，足夠我花一陣子

了。到了我該回去看父親的時候，我遲遲沒動身。父親和妹妹多次來信催我，我回信說我身體很好，錢也夠用。我想這兩個消息定可使我父親安下心來的。

一天早晨，瑪格麗特被耀眼的陽光催醒了，她跳下牀來，問我是否願意帶她到鄉下玩一天。

我們把普呂丹絲叫了來，三人一起去。瑪格麗特囑咐娜寧說，公爵問起時，就說她想趁大好天氣跟普呂丹絲到鄉下走走。

普呂丹絲真是個好伴侶，一來可以使老公爵放心，二來她成天興高采烈，吃東西又津津有味，逗得大家非常開心。而且，她又是個採購能手，野餐用的雞蛋、櫻桃、牛奶、兔肉，沒有她是買不到的。這次的目的地也是她想出來的呢。

「你們不是想到地道的鄉下去嗎？那就去布吉瓦爾，到阿爾努寡婦的曙光飯店去。亞芒，去租一輛四輪敞篷馬車。」

一小時以後，我們到了阿爾

知識泉

櫻桃：落葉喬木，葉子長卵圓形，花白色略帶紅暈，果實近於球形，紅色，味甜，可食。

布吉瓦爾：巴黎西部塞納河邊的一個村鎮，十九世紀時，是巴黎人欣賞田園風光的好去處。

努寡婦的飯店。

　　這裏確是真正的鄉間，我從未見過比這山腳下的小鄉村更媚人的風景：右面山巒起伏，左面一條大河流過，像一條寬大的白色波紋緞帶。兩岸高大的楊樹沙沙吟唱，垂柳呢喃作話。陽光普照下，一排紅瓦白牆的小房格外醒目，增添了風景的秀麗。極目遠眺，遠方雲霧繚繞處就是巴黎。

　　阿爾努夫人建議我們坐船漫遊，瑪格麗特和普呂丹絲欣然接受了。

　　遊船靠近了一個孤島，我們上了岸。我伸開手腳仰面躺在綠草地上，擺脫了一切人間煩擾，讓思想自由馳騁。瑪格麗特穿着一件白色長裙，斜依着我的胳膊。在這裏，我們遠離了城市的煩囂，舊日生活的陰影逐漸消失了。我身邊有一位年輕漂亮的女子，我愛她，她也愛我，這個女子叫瑪格麗特，她的過去已銷聲匿跡，她的未來萬里無雲，她是我最聖潔的未婚妻！

　　從我這兒望去，岸邊有一座漂亮的三層小樓房，樓前有一道半圓形小柵欄，圍住屋前一片平整的天鵝

絨般的綠草地；樓後則有一片充
滿神秘色彩的幽靜的小樹林。看
來房子沒人居住，蔓生花草蓋過
了台階，直攀到二樓。

　　我望着這幢小樓出神了，竟
設想它是屬於我的，我和瑪格麗特白天鑽進小樹林散
步，晚上同坐在綠草地上乘涼。世間還能有比我們更
幸福的人嗎？

　　「多麼漂亮的房子呀！」瑪格麗特說。她順着我
的視線望去，也看到了這所房子。

「啊，美極了！你們喜歡嗎？」普呂丹絲看到後說。

「非常喜歡。」

「那好呀，對公爵説，叫他給你租下來！」

瑪格麗特看着我，好像在問我有什麼意見。

「這倒是個好主意。」我訥訥地説，自己也不知道在説些什麼。

「那我來安排，」瑪格麗特緊握着我的手説，「先去看看這是不是出租的。」

房子是空的，月租兩千法郎。

「讓我來租吧。」我説。

「你瘋了？這不但沒好處，還很危險。我只有權接受一個人的好處。讓我來辦吧，大孩子，別多説了。」

「以後我有兩天空閒就可來玩了。」普呂丹絲説。

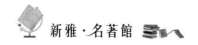
第十二章
快樂的日子

這天晚上我們回到了巴黎。

第二天，瑪格麗特一早就打發我走，説是老公爵一會兒就來，並答允我等公爵一走，就寫信給我，通知我見面時間。

果然，白天我收到她的信，説她與公爵一起去了布吉瓦爾，叫我今晚八時到普呂丹絲家。

到了約定時間，瑪格麗特已從鄉下回來，到普呂丹絲家來見我。

「好啦，一切已安排好了。」她進門就説。

「房子租下來了？」普呂丹絲問。

「租定了，他立刻就答允的。」

我不認識公爵，但如此欺騙他，我都感到羞恥。

「亞芒的住所我也安排好了。」

「住在一起嗎？」普呂丹絲笑着問。

「不，在曙光飯店。一套房裏有卧室、起居室和

客廳，陳設很精緻，月租六十法郎。我訂下了，辦得不錯吧？」

我興奮得撲過去摟住她的脖子。

「真是妙極了！」瑪格麗特說，「你有一把小門鑰匙，公爵只有白天會來。對我心血來潮要離開巴黎住鄉下的決定，他還挺高興呢，他的家裏人可以少說些閒話。我們要小心，他會派人在那兒監視我的。我還要他替我還債呢！」

我極力把苦水咽進肚裏。

一個星期之後，瑪格麗特搬進了鄉下的那幢房子，我則住進了曙光飯店。

一段新生活開始了。

開始時，瑪格麗特還不能完全放棄舊習慣，家裏天天舉行宴會，像過節一般熱鬧。她的所有女友來看望她，每天總有八至十人在她家吃飯。普呂丹絲則是把她認識的人統統帶來，喧賓奪主，盛情款待，彷彿這幢樓是屬於她的。

這些開銷都由老公爵支付。普呂丹絲也不時向我要個千把法郎，說是瑪格麗特要的。我當然毫不遲

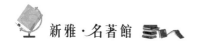

疑，如數奉上。

一天，老公爵來準備與瑪格麗特單獨吃晚飯。正好碰上有十五人在那裏用午餐，他們吃喝直到傍晚還沒結束。老公爵打開餐廳門，一陣哄笑迎接他。面對這些無禮女子肆無忌憚的歡鬧，他只得黯然退下。

瑪格麗特趕緊離開餐桌來安慰他。但是老人的自尊心已受到損害，他憤然對她説，他已失去耐心，不能再花錢供一個女人揮霍胡鬧了。

老公爵氣沖沖地離開後，再也沒有消息。瑪格麗特閉門謝客，改變了生活習慣，但已無濟於事，公爵仍然音信全無。這倒成全了我，瑪格麗特完全屬於我的了。她全然不顧後果，公開了我倆的關係，我終於住在她家不出來了，僕人們稱我先生，正式把我當作他們的主人。

我曾聽到普呂丹絲警告瑪格麗特，説她不能這樣生活下去。瑪格麗特回答説她愛我，沒有我她就活不成了。

一天，普呂丹絲又來了，她們關在一間小房間裏，我便躲在門邊側耳細聽。

「公爵説什麼？」瑪格麗特問。

「他説可以原諒你頭一次的胡鬧。但是他知道你已公開和亞芒同居，他説這事他不能原諒。他要你離開亞芒，否則你什麼也得不到了。」

「我不要他的錢！我決不離開亞芒！」

我激動得跑進去，一頭撲在她腳下。我能得到她的深愛，高興得淚如雨下。

「我的生命是屬於你的，瑪格麗特！不要再受別人約束了，我們相愛吧！」

「是呀，我愛你，我的亞芒！」她緊緊摟住我的脖子，「我要向過去的生活永別了，那種生活使我臉紅。你永遠不會責備我的過去吧？」

從此以後，公爵也不再成為問題了。瑪格麗特已不再是以前那個茶花女，她竭力避免我回憶起她以前的生活。當我們出外散步、泛舟河上時，看見我們的人決不會相信：這個身穿白衣裙、頭戴大草帽的樸素女子，就是四個月前，以奢華放蕩生活出名的瑪格麗特！

兩個月以來，我們沒去過巴黎。除了普呂丹絲和另一個叫朱莉·迪普拉的女子外，誰也沒來看我們。朱莉是瑪格麗特的好朋友。

　　我們整日形影不離。我們打開窗戶，欣賞園內百花怒放的夏景；我們在樹蔭下並肩呼吸着清新芬芳的空氣，領略着生活的情趣——那是我倆從未真正領略到的。

　　瑪格麗特對一些微不足道的東西也會表現出孩子般的好奇。有時，她就像一個十歲的小女孩，在花園裏追逐一隻蝴蝶或一隻蜻蜓；有時，她坐在草地上足足一個鐘頭，凝望着與她同名的一朵普通的花。要知道，以前她賞玩鮮花所花費的錢，足以供一個小康之家過日子呢。

　　公爵寫給她兩三封信。每次當她認出是公爵的筆跡後，看也不看就把信交給了我。公爵原以為斷了她

的財源，就能使她回到他身邊。當他見到這一招無濟於事後，就沉不住氣了，寫信要求一如既往，允許他回來看她。信寫得情真意切，連我讀了也產生了惻隱之心。我把這些信撕得粉碎，瑪格麗特也不想知道信的內容。公爵收不到回信，也就不再來信了。

我們的新生活充滿孩子氣，嬉笑打鬧，十分有趣。這種強烈的、互相信賴和共同分享的愛情會使人達到渾然忘我的境界，可以把一切事情都拋到九霄雲外。

可是，我驚奇地發現，瑪格麗特有時鬱鬱不樂，

甚至眼淚汪汪。我問她為什麼悲傷，她回答說：「我們的愛情非同一般，親愛的亞芒。你現在愛我，好像我從未愛過別人。但我害怕極了，怕你以後會後悔愛上我，會怪罪我的過去，迫我重操舊業。我現在已嚐到了新生活的甜頭，叫我再走回頭路，我一定會死掉的。對我說，你永遠不離開我。」

「我對你發誓，永不離開你！」

她對我看了又看，似乎要從我的眼睛裏判斷我的誓言是否真誠。然後她倒在我懷裏說「你不知道我是怎樣愛你啊！」

一天傍晚，瑪格麗特突然對我說：「眼看冬天來了，我們離開這裏吧，好嗎！」

「去哪兒？」

「去意大利。我怕冬天，怕回巴黎。」她沒說為什麼，猛然又說：「我賣掉所有東西，我們到那兒生活，沒人會知道我是誰，好嗎？」

我勸她不必賣東西，我的錢足可讓我們大大方方旅行幾個月。她又改變主意說不去了。看得出，她心神不定，在為前途擔憂。

第十三章
好時光不再

　　普呂丹絲現在難得來一趟，卻是來了好幾封信，瑪格麗特每次看完都心事重重。我從來沒要求看這些信，只好想像信中的內容。

　　有一天，瑪格麗特一人在房裏，我進去時見她在寫信。「你給誰寫信？」我問。

　　「給普呂丹絲，要不要唸給你聽聽？」

　　我連忙回答說我沒必要知道她寫了什麼，但我可以肯定，這封信會讓我知道她為什麼發愁。

　　第二天，瑪格麗特提議我們去划船，我們玩了很久，她一路上似乎很高興。回家時已是五點，娜寧一見我們就說普呂丹絲來過了。

　　「她走了嗎？」瑪格麗特問。

　　「走了，坐你的車回去的，她說這是說定了的。」

　　「很好。」瑪格麗特說，「開飯吧！」

　　過了兩天，普呂丹絲來了一封信。此後一段日子裏，瑪格麗特一掃滿臉愁雲，還不斷要我原諒她先前的憂鬱。

　　可是她的馬車不見回來。

　　「普呂丹絲怎麼不把馬車還回來呀？」我問。

　　「兩匹馬裏有一匹病了，而且車子也要修理。反正這裏用不着車，大修一下吧。」她說。

　　幾天以後，普呂丹絲來看我們，向我證實了瑪格麗特的話，說是馬車還在修。

　　晚上，普呂丹絲臨走時抱怨天氣太冷，要瑪格麗特借給她一條開司米披肩。

　　一個月過去了，這個月裏瑪格麗特比過去任何時候都快活。但是馬車沒有回來，披肩也沒送還，這一切使我大惑不解。我知道她把信件放在抽屜裏，我想去看看普呂丹絲的信裏說了些什麼，但是抽屜上了雙道鎖。我打開其他抽屜，意外地發現她的首飾盒不見了。

　　悲哀與恐懼襲上心頭，我痛心疾首。

　　假如我去追問瑪格麗特這些珠寶的去向，她一定

不會如實相告。

「我的好瑪格麗特，」我只好這樣對她說了，「我請求你讓我去一次巴黎。家裏人不知道我在哪裏，父親該有信來了，他一定很不安，我得給他回信。」

「你去吧，但要早點回來。」

我徑直跑到普呂丹絲家，開門見山問她：「老實告訴我，瑪格麗特的馬車到哪兒去了？」

「賣了。」

「披肩呢？」

「賣了。」

「鑽石首飾呢？」

「當了。」

「為什麼事先不告訴我？」

「瑪格麗特不准我告訴你。」

「為什麼不向我要錢？」

「因為她不願意。」

「她要這些錢做什麼？」

「還債。她欠了三萬法郎的債。這些債錢本來

是公爵負責清還的，現在公爵不管了，她只好分期付款，我向您幾次要的幾千法郎就是這個用途。後來一些債權人知道她已被公爵拋棄，現在同一個沒有財產的小伙子一起生活，便紛紛來要錢，而且封存了她的財產。為了不向你要錢，她就賣掉了馬車、披肩、首飾，瞧，收據和**當票**都在這兒！」普呂丹絲打開一個抽屜，把票據亮給我看。

> **知識泉**
>
> **當票**：用實物作抵押向當鋪借錢時，當鋪所開的單據，上面寫明抵押品和抵押的錢數，到期憑此贖取抵押品。

「我早就有言在先，你不相信我的話，現在該心服口服了吧？你以為只要相親相愛，到鄉下去遠離塵世就萬事大吉了？不行的！除了理想生活，還得有物質生活！我看到她被剝奪得一乾二淨，心裏很難過。她說她愛你，不願欺騙你，絕不欺騙你。」

「行了，我來還這筆債。」

「你哪來的錢？去借？理智些吧，這樣你就會跟父親鬧翻，斷了生活來源。我不是叫你離開她，不過是要恢復夏初那樣的情形，讓她自己去想辦法擺脫困

境。公爵慢慢會來找她的。N伯爵昨天還對我説，只要瑪格麗特接待他，他可以清還這些債，每月還可給她三、四千法郎。到了冬天她積些錢，明年夏天你們重新再來。人家都是這麼做的！」

普呂丹絲振振有詞地説着，認為自己的一番勸告相當有理，但我憤怒地拒絕了。不僅是我的愛情和尊嚴不允許我這麼幹，而且我確信瑪格麗特如今寧死也不會接受這種交易的。我決心不論用什麼辦法，也要替她還了這筆債。

我回家去看看有沒有父親的信，有四封。

前三封信裏，父親因得不到我的消息而不安，問我是什麼原因。最後一封信裏，他讓我明白他已知道了我生活上的變化，並告訴我説，他不久將來巴黎。

我趕快回信告訴他説，因為我出去旅行了，所以一直沒寫信。並請他告訴我到巴黎的日期，我好去接。我又把鄉間地址留給了僕人，囑他一接到蓋有C城郵戳的信，立刻給我送來。

我回到布吉瓦爾，瑪格麗特

知識泉

郵戳：郵局蓋在郵件上，註銷郵票並標明收發日期的戳子，即印章。

在花園門口等着我，目光不安地問：「你見到普呂丹絲了？」

「沒有。我接到父親的信，不得不回來。」

這時，娜寧氣喘吁吁地跑來，在瑪格麗特耳邊説了幾句話後出去了。

瑪格麗特在我身旁坐了下來，握住我的手説：「為什麼要騙我？你去了普呂丹絲家。」

「你叫娜寧跟蹤我？是呀，我去問問普呂丹絲你的馬好了沒有，披肩和首飾她還要不要用，因此我知道了這些東西拿去幹什麼了。」

瑪格麗特的臉紅了：「你埋怨我嗎？」

「我埋怨你不向我要你所需要的東西。」

「像我們這種關係，如果女人還有些骨氣的話，是應該犧牲一切，決不向情人要錢的。那些馬匹和首飾算什麼，沒有它們你照樣愛我。」

「我不願你為了愛我而失去首飾。」

「那你始終認為我是個奢侈成性的人？一個人毫無所愛才滿足於虛榮，一旦有了愛，虛榮就變得庸俗了。難道我會寄幸福於虛榮之中？聽我的，我正安

排賣掉我這些多餘的東西，還清債，在巴黎租一所小屋，我倆自由自在地靠你的收入過日子，你同意嗎？」

感激與恩愛使我無話可說，我當然同意。

但我還是私下作了安排，把母親留給我每年三千法郎的利息收入，轉移給瑪格麗特，以補償她的犧牲。公證人答允會把一切手續辦好。

> **知識泉**
>
> 公證人：被授以權力，對於民事上權利義務關係作出證明的人。

我和瑪格麗特在巴黎最清靜的街區看中一座小房子，這將是我倆的小窩。我們快快活活地回到布吉瓦爾，商量着今後的生活計劃。

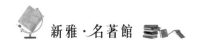

第十四章
父親來了

一個星期後，我們在吃午飯時，我的僕人從巴黎來見我。

「先生，你的父親到巴黎來了。他請你馬上回家，他在你家等你。」

這個消息本來是很平常的，可是我和瑪格麗特聽了卻**面面相覷**[①]。我們預感到大禍臨頭。

雖然她沒有説出我們的感覺，我連忙把手伸給她：「什麼也別怕。」

「早點回來啊，我在窗口等你。」瑪格麗特喃喃地説。

兩個小時後，我回到了巴黎的家。一進門，看見父親抬頭看我的神色，我就明白有什麼嚴重的事要發生了。我裝作若無其事地去擁抱他。

[①] **面面相覷**：覷：「看」的意思。你看我，我看你。形容因驚惶、恐懼或無可奈何，而相互對望的尷尬相。

「什麼時候到的，父親？」

「昨天晚上。」

「很抱歉沒在家迎接您。」

「親愛的亞芒，有點嚴肅的事我們要談談。」

「我聽着呢。」

「你真的同一個名叫瑪格麗特・戈蒂埃的女人住在一起嗎？」

「真的。」

「你知道她是一個什麼樣的人嗎？」

「一個受寵愛的妓女。」

「你就是為了她，今年忘了來看我們？」

「是的，我承認。」

「這麼説，你很愛這個女人？」

「是的。」

「你不能這樣生活下去，我不容許你這樣。」

戀情和親情針鋒相對。我已作好鬥爭的準備，甚至反抗父親，一切為了保住瑪格麗特。

「為什麼？父親？」

「因為你正在做敗壞門風的事。你像一個風流浪

子，花錢寵愛着一個妓女。這醜聞會傳到家鄉，玷污我們高貴的姓氏，你必須離開她！」

「很遺憾我不能服從。您不了解情況，戈蒂埃小姐已改邪歸正，她在愛情中得到了新生，只要我愛她，她愛我，有什麼不好？」

「亞芒，」父親傷心地說，「看在你死去的母親的份上，相信我，放棄這種生活吧！你已經二十四歲了，想想你的前途吧！你們兩個太看重你們的愛情了，她不會永遠愛你，你也不會永遠愛她的。將來你會一生後悔。跟我回去，陪你妹妹過一兩個月，靜心休息和骨肉親情會治好你的狂熱，以後你會感謝我救了你的。」

父親這番話對別的女人都合適，但是我覺得對瑪格麗特就不合用，我說：「瑪格麗特不是你所想像的那種姑娘，如果您認識她，您就會明白，這種愛非但不會把我引入歧途，反而會激發出最崇高的感情。她並不下賤，她很高貴；她並不像別人那樣貪婪，她豪爽無私。」

「她接受你的全部財產也是豪爽無私？要知道，

你母親留給你的，是你僅有的財產了！」

看來，公證人已把一切告訴他了！他故意把這句威脅的話留在最後，作為對我的**最後通牒**。

「我向您發誓，瑪格麗特並不知道這件事。」

「那你為什麼要這麼做？」

「因為她犧牲了她的一切，為了能與我生活在一起。」

「你也就接受了這種犧牲？你算是什麼男人？夠了，收拾行李跟我走，我命令你！」

「我不走，我已經長大了，到了不必聽命於您的年齡了。」

父親氣得臉色煞白。「那好，我知道該怎麼辦。」他打鈴叫僕人進來，把他的行李搬到旅館。

父親用輕蔑的眼光望着我，冷冷地說：「我想，你是瘋了！」他狠狠地關上門走了。

我也隨即下樓，僱了馬車回布吉瓦爾。瑪格麗特在窗口等我，一見我就跑來抱住我的頸項：「你回來

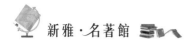

啦！瞧你臉色多麼蒼白！」

於是我告訴她，我如何跟父親吵了一場。

「可憐的亞芒！這一切都是由我引起的啊！不如

離開我吧，別跟你父親鬧翻呀！可是我們安安靜靜地生活，沒有招惹誰呀。你有沒有告訴他，我們是怎樣計劃將來的？」

「説了，這更使他生氣，因為這證明了我們彼此真正相愛。」

「那怎麼辦呢？」

「我們絕對不能分開，風暴會過去的。我父親是個善良的人，講道理的人，他會改變看法的。再説，即使他不同意，與我有什麼關係！」

「可別這麼説，亞芒！我不願意讓人以為是我慫恿你跟家裏鬧翻的。明天你回巴黎去，跟你父親再好好談談，也許你們會言歸於好的。不要傷了他的心，表面上對他作些讓步，他就會讓事情不了了之。別失去信心。有件事你可以完全相信，不管發生什麼事，瑪格麗特永遠是你的。」

聽到自己心愛的人在好言勸慰，心裏是多麼舒服啊！我們一整天都在反覆商量我們的計劃，並對這個計劃的實現充滿信心。

第二天，我十點鐘出發，近中午時刻到達父親下

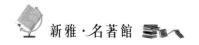

榻的旅館。

父親出門去了。我等了他一整天，還回到我自己的家去找他，又去公證人那裏看看他在不在，都撲了空。六點鐘我就動身回布吉瓦爾。

瑪格麗特沒有像昨天那樣在等我。她坐在火爐邊，深深陷入沉思，以至我走近她時，把她嚇了一跳。

「喔，你父親呢？」

「我沒見到他，不知是怎麼回事。」

「行了，明天再去找吧。」

「我想等他派人來找我，該做的我都做了。」

「不，亞芒，你必須回到你父親那兒去，尤其是明天——」

「為什麼非得明天呢？改日不行嗎？」

「因為……因為這樣顯得你很着急，我們就更容易得到寬恕。」

這天，瑪格麗特顯得心事重重，愁眉不展，一副心不在焉的樣子。我整夜都在安慰她，勸她放心。

第二天，她焦躁不安地催我動身去巴黎，我有點

莫名其妙。

　　像昨天一樣，父親又不在旅館，但是他出門前留了一封信給我：

　　「如果今天你來看我，請等到下午四點鐘。那時我還沒有回來的話，明天來跟我一起吃晚飯，我必須跟你好好談談。」

　　我一直等到約好的時間，父親還沒回來，我便回去了。

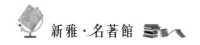

第十五章
風雲突變

　　昨天的瑪格麗特是愁眉不展的，今天我發現她惶惶不安，情緒異常激動，對我卻是格外熱情——看我進來，便立刻撲過來摟着我，在我懷裏哭個不停。

　　我問她為什麼如此悲傷，但越問，她越是傷心，弄得我驚恐萬狀。她也説不出什麼理由，只是東拉西扯地來搪塞我。

　　等她稍微平靜一點後，我就告訴她今天我去找父親的結果，並拿出父親的信來給她看，指出事情可能有好轉的希望。

　　這反而引得她痛哭起來，我怕她太激動會使神經受到刺激，便叫她躺在牀上休息一下。

　　我去問娜寧，在我出門時，是否來過什麼人或什麼信帶給她不好的消息？娜寧説沒有。

　　然而，我知道從昨天起一定發生了什麼事，瑪格

麗特越是隱瞞，我便越感到**忐忑不安**[①]。

　　整個晚上，瑪格麗特絮絮地反覆對我說，她是多麼的愛我，對我絕對忠貞。她還勉強對我笑笑，但卻是眼淚汪汪的。後來她終於睡着了，但卻不時驚醒，大聲尖叫起來。等她睜眼見到我在她身邊後，就要我發誓永遠愛她。

　　她老是這樣驚魂不定，痛苦萬狀，一直折騰到第二天早上，她才迷迷糊糊地睡了一會兒。

　　十一點左右，瑪格麗特醒了過來。看到我已經起牀，便大叫：「你就這樣走了？」

　　「沒有呢，下午四點才去。」

　　「這麼早？走之前，你能一直陪着我嗎？」

　　「當然囉，我們不是一直都這樣的嗎？」

　　「我是多麼幸福！」

　　「今天我盡量早點回來。」我說。

　　「你還回來？」她望着我，目光驚恐得很。

　　「當然要回來的呀。」

[①] **忐忑不安**：心神不定，很不安的樣子。

「沒錯，你今晚要回來的。我呢，我等着你，像平時一樣。你永遠愛我，我們將永遠幸福——」這些話她說得急促、凌亂、吞吞吐吐，似乎一直有着難言之隱。我真擔心她會發瘋。

「你病了，我不能留下你去巴黎，我給父親寫封信，說我不去了。」我說。

「不，不！」她大聲嚷起來，「不要這樣，你一定要去。再說，我沒病，只是做了一個可怕的噩夢，還沒完全清醒過來。」

從這時開始，瑪格麗特強顏歡笑，努力使自己高興起來，也可能是她夢醒了吧。

時間到了，我該走了。她送我到火車站，我對她戀戀不捨，總想和她一起多待些時間。

「晚上見！」我向她說。

她沒有回答我。

從前也有過一次，她不回答我的告別：那一次G伯爵就在她那裏過夜。但**事過境遷**[①]，現在我當然再

[①] **事過境遷**：境：情況、環境。遷：改變。事情已經過去了，客觀情況也改變了。

也不會擔心她會如此欺騙我。

　　一到巴黎我就去普呂丹絲那裏，她見了我很不安：「你怎麼來了？瑪格麗特不來了？」

　　「她應該來嗎？」

　　普呂丹絲尷尬地説：「我意思是説，你既然來了巴黎，難道她不來與你見面？」

　　「不，她不來，她好像病了，我很擔心她。我是來請你有空去看看她的。」

　　普呂丹絲説：「今晚不行，我明天去吧。」

　　看來她不希望我久留，我就告辭。

　　父親仔細端詳着我，向我伸出手來：「你兩次來找我，使我很高興。這使我產生了希望，我冷靜思考了一番。」

　　「父親，你思考的結果怎樣？」

　　「我把別人告訴我的情況看得太嚴重了，我決定要對你寬容一些。年青人有個情人是平常事，我倒是很高興知道你的情人是戈蒂埃小姐，而不是別人。」

　　「我親愛的父親，你的寬容讓我多麼高興啊！」

　　我們愉快地同進晚餐。父親一直和藹可親，我更

是無比快活。我急於回去告訴瑪格麗特這個好消息，時不時就看看掛鐘。父親要我今晚留下，我告訴他瑪格麗特身體不好，我要早點回去陪陪她，明天再來。

「這麼說你的確很愛她？」他問我。

「當然，愛得發了瘋。」

「那就走吧。明天見！」

我總嫌火車開得太慢，十一點我才回到布吉瓦爾。

屋裏漆黑，沒有一扇窗戶是亮着的。我按門鈴，也沒人回答。我第一次碰到這樣的事。後來總算園丁出來開了門，娜寧也拿着一盞燈出來了。我走進瑪格麗特的卧室，她不在。

「小姐在哪裏？」

「小姐去巴黎了。」

「去巴黎？什麼時候走的？」

「您走後一個小時。」

「有沒有留話給我？」

「沒有。」說着，娜寧走開了。

她到哪裏去了呢？會不會跟蹤我去巴黎，看看

我是不是去看父親？還是普呂丹絲有什麼重要事叫她去？也許她的傢具找到了買主？對了，今天普呂丹絲問「是不是她不來了？」好像她們約好要見面似的，那是什麼事呢？

我排除了瑪格麗特欺騙我的可能性，那麼一定是有什麼意外的事拖住了她。天哪，難道是出了什麼事故，她受了傷、生了病、死去了？

到了兩點鐘，我實在坐不住了，叫醒娜寧，向她交代了幾句，拿了昂丹路房子的鑰匙，動身去巴黎了。火車已經過了時間，我步行去，清晨五點走到昂丹路時，我全身被汗水浸透了。

我打開門走了進去，房是空的，一個人也沒有，這真使我要發狂！

樓下看門人說，戈蒂埃小姐白天回來過，和普呂丹絲一起坐馬車走了。

普呂丹絲樓下的看門人交給我一封信，是瑪格麗特的筆跡，寫給我的：

「你讀到這封信時，亞芒，我已是另一個人的情

婦了，我們之間一切都已結束了。

　　回到你父親和妹妹身邊去吧，你很快就會忘記一個叫做瑪格麗特・戈蒂埃的可憐蟲，她使你遭受痛苦。你一度真心愛她，她永遠感謝你給了她生命中最幸福的時刻，這生命現在是不會再支持多久了。」

好像是一個晴天霹靂劈頭劈腦打來，我差點倒在
街頭。我眼前雲遮霧掩，一片朦朧，太陽穴裏熱血狂
跳，我想我要瘋了！

　　我一個人實在受不了這個打擊，我飛快地跑進巴
黎旅館。父親房門上掛着鑰匙，他正在看書，好像在
等着我。我撲到他懷裏痛哭流涕。

第十六章

立意報復

那晚的焦慮不安、半夜的奔波、清晨的打擊，弄得我精疲力竭，身體全然垮了。父親要我一起回家，我答允了，我需要一種真正的愛來幫助我活下去。

我的精神恍恍惚惚的，只記得那天清早，父親讓我和他一起登上一輛驛車，到我住所取了行李，就這樣把我帶走了。一路上我迷迷糊糊地睡着了，有時驚醒過來，竟不明白自己為什麼坐在一輛車裏。後來想起是怎麼一回事時，眼淚又禁不住直瀉出來。

> **知識泉**
>
> 驛車：古代供傳遞政府文書的人員乘坐的馬車，後也指定時行走的公共車輛，也叫班車。

我不敢與父親交談，我怕他會說：「你看，我瞧不起這個女人是有道理的，對嗎？」可是他沒如此說，一言不發，任我哭去。只是有時握握我的手，像是提醒我有位朋友在身邊。

父親組織了幾次狩獵活動為我解悶消愁，我去

了，既不反感，也不熱情，一副
麻木不仁的樣子。甚至在圍獵
時，我在我的獵位上卸掉子彈，
把獵槍放在身旁欣賞起白雲來，
任思緒遊蕩飛揚。

知識泉

圍獵：狩獵的一種方
式，獵人從四面合圍起
來，如一張網似的捕捉禽
獸，每人有其固定的獵位
（守住的位置）。

所有這些細節逃不過父親的
眼睛，他並沒被我貌似鎮靜的外表所瞞住。他很明
白，我的心靈受到如此打擊後，總有一天會作出可怕
的、甚至危險的反應。

我的妹妹始終不知道這些事，所以她無法明白，
為何性格開朗的我，會突然變得如此無精打采、愁眉
不展。

一個月過去了，我已經忍無可忍了。瑪格麗特的
影子一直在我記憶中盤旋，我愛得她太深，豈能即時放
下？要麼愛她，要麼恨她，無論如何我要見她一面。

第二天我就對父親說，我要去巴黎辦些事。父親
無疑猜到了我的動機，一再要我別去。但他見我的情
緒可能一觸即發，若是不讓我去，結果會不堪設想。
於是他吻別我，叫我快回來。

　　一到巴黎，我就到香榭麗舍大街去，她以前常在那兒散步的。果然，她的馬車停在那兒，她和一個我從未見過的女子在林間散步。看來她贖回了她的馬車，仍是以前的那一輛。

　　經過我身邊時，她的臉色發白，勉強擠出來的一絲微笑凝結在她的肩邊。我呢？一陣激烈的心跳衝擊着我的胸膛，但我還能板起臉，冷冷地向她打了個招呼。她立刻登上馬車走了。

　　假如我看到她現在很慘，也許我就原諒了她，不會想去傷害她。可是我看她很幸福，有人供她享受奢華。是她一手破壞了我們的關係，使我的自尊心和愛情受到侮辱，她必須為我受到的痛苦付出代價。

　　我了解她，最能使她難受的，莫過於我毫不在乎的態度，因此在她面前和別人面前，我必須裝出若無其事的樣子。

　　我去找普呂丹絲，我坐在小客廳，聽到客廳開門聲、腳步聲，隨後平台的門重重地關上。

　　「我打擾了你嗎？」我問普呂丹絲。

　　「沒事。瑪格麗特剛才在這兒。聽說你來了，她

就溜了，怕你見到她心裏不痛快。」

「這是為什麼？她離開我，為的是可以再享用她的馬車、傢具和珠寶，她做得對，我不怨她。今天我還見了她呢。」我漫不經心地說。

「她永遠都是愛你的，你知道。她今天見到你後就跑來告訴我，全身發抖，像是病了。她估計你會來看我，托我向你請求饒恕。」

「我已經饒恕她了，我還感謝她這麼做呢。」

「這就好，她聽了會滿意的。她離開你正是時候，那時她欠着很多債，正想拍賣傢具呢。」

「現在呢，都還清了嗎？」

「差不多了。德·N伯爵出的錢，還替她買回了一切。他知道瑪格麗特不愛他，但這並不妨礙他向她獻殷勤，會長期陪着她。」

「她一直住在巴黎嗎？」

「她再也不想回布吉瓦爾了，叫我去收拾東西。你的東西我也打了一包，回頭你叫人來拿走。你的一隻小皮夾，上面有你的縮寫名字的，瑪格麗特想要，把它拿走了。」

想到瑪格麗特竟要保留我的一件東西作紀念，我心酸得眼淚直往上湧。如果她現在走進來，我的報復念頭定會化為烏有。

普呂丹絲接着說：「我從來沒見過她這樣，她現在差不多不睡覺了，到處跳舞、吃夜宵，還常常喝醉酒，通宵達旦地玩命，你去看她嗎？」

「何必呢，我是來看你的。多虧你，我才做了她的情人；也多虧你，我才不做她情人的。」

「我盡力做到使她離開你，你不會怪我的。」

我討厭這女人，她把我說的話都當真！

回到家裏時，我眼含憤怒的淚水，心想此仇非報不可，看來她是一個地道的妓女，對我的深情厚愛，竟敵不過恢復舊生活的慾望。

男人狹隘的情愛受到傷害後，會變得多麼渺小和卑鄙！我一心想找個辦法來折磨她。

我想到和她一起散步的那個女子，這真是個**尤物**①：金髮碧眼，身材苗條，標致極了。我打聽到她叫奧蘭波，是名新出道的妓女，現在和瑪格麗特來往密切。

　　我決定從奧蘭波着手。她現在還沒情人，要成為她的情人並不難，只要金錢鋪路。

　　我設法去參加了奧蘭波舉辦的一次舞會。瑪格麗特也在場，N伯爵得意洋洋地陪着她跳舞。我走去向女主人致意，哦，從身材看，她比瑪格麗特還美呢！我纏着她跳了一支又一支舞，對她説盡了恭維讚美的話。半個小時以後，瑪格麗特臉色白得像死人，穿上皮大衣走了。

① **尤物**：原指優異的人或物品，但現在一般用以指美女。

跳舞以後人們開始賭錢，我贏了三百路易，奧蘭波的灼熱目光離不開我面前的錢。我就用這堆錢與奧蘭波達成了交易——她做了我的情婦，她知道我用這辦法來報復瑪格麗特。

知識泉

路易：舊法國幣，一路易等於二十法郎。

從這天起，我使瑪格麗特每時每刻都在忍受折磨。奧蘭波停止了和她來往。我送給我的新情人一輛馬車、一些首飾。我另有新歡的消息一下子就傳開了。

普呂丹絲也以為我徹底忘了瑪格麗特。瑪格麗特已猜透我的動機，她很痛苦，臉色一天比一天慘白，越來越憂鬱。物極必反，我對她的愛變成了憎恨。見她苦不堪言，我卻自得其樂。奧蘭波也不斷與瑪格麗特作對，一有機會就羞辱她。她知道，只有傷害瑪格麗特，她才能從我身上取得一切。

瑪格麗特終於不再參加舞會，不再去劇場看戲，避免遇到我們。於是寫匿名信就代替了當面的侮辱，一封又一封地去刺激她。我像個瘋子，像個醉漢，陷入神經質亢奮狀態。

第十七章
再 次 相 聚

對我的種種挑釁，瑪格麗特的態度是安詳而不輕蔑，自尊而不鄙視，顯出比我高超的態度。這惹得我更為惱火，就更變本加厲地折磨她，有幾次，她抬頭用苦苦哀求的目光看着我，使我不禁也要為自己扮演的角色而感到臉紅了。

一天晚上，奧蘭波回來告訴我說，她在一條街上遇見了瑪格麗特。瑪格麗特見她獨自一人，就把受辱的滿腔悲憤向她發洩，兩人激烈地吵起架來並動了手，直到奧蘭波被迫讓步才罷休。瑪格麗特昏倒在地，被人抬走；奧蘭波則怒氣衝衝回來，要我寫信給瑪格麗特，教訓她必須尊重我愛的女人。

不用説，我同意了。我挖空心思，把一切羞辱、諷刺、殘忍的語言全寫進信裏，寄出了。

第二天，普呂丹絲來找我，瑪格麗特動了真情，告訴我説自我回巴黎後的三個星期，我不曾放過一次

機會來折磨瑪格麗特，經過前天街上的風波和昨天的信，她病倒了。但她不責備我，只是托普呂丹絲來求情，請我原諒她，説是她在精神上和肉體上再也沒有力量忍受我對她的所作所為了。

「親愛的亞芒，讓她安靜安靜吧！如果你見到她，你會慚愧如此對待她。她面容憔悴，又咳得厲害，她活不了多久了！」

普呂丹絲真的顯得很難過，她伸手給我，又説：「來看看她吧，你的訪問會使她很高興。」

「我不會再去昂丹街了。如果她一定要見我，她知道我住在哪裏，讓她來找我吧。」

「你會好好接待她嗎？」

「當然囉！」

「我相信她一定會來的。」

普呂丹絲走了。

我出去吃了晚飯，急忙趕回來。我吩咐僕人把爐火燒得旺旺的。我在屋子裏坐立不安，我的心在期待着。

將近九點鐘時，有人按門鈴。我去開門時，激動

得差點被絆倒了。幸好客廳的燈光暗淡，我的臉部表情不易被發現。

瑪格麗特進來了。她穿着一身黑衣服，蒙着面紗。她走進客廳，揭開面紗，臉色像大理石一樣蒼白。

知識泉

面紗：婦女蒙在臉上的紗，通常是黑色的薄紗。

「我來了，亞芒！」她說，「你想看看我，我就來了！」她雙手掩面痛哭起來。

我走近她：「你怎麼了？」我的語調已經改變，沒有一絲的冷漠了。

她泣不成聲，沒有立刻回答。過了一會兒，她平靜了一點，對我說：「你害得我好苦呀，亞芒！可是我沒有任何對不起你。我來求你兩件事：第一，原諒我前天對奧蘭波小姐說的話；第二，再也別做這些令我難堪的事了，做一下好心吧！自從你回來以後，不論是有意還是無意，你讓我受了這麼多的罪，我再也承受不下去了。對一個好心腸的男子來說，還有更高尚的事要做，何必報復一個病魔纏身的弱女子呢？握握我的手看，我在發燒呢，我離開病牀來此，不是來

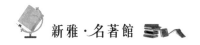

要求你的情意，而是要求你不要計較往事了。」

我抓緊她的手，果然燙得灼人。她的身體雖然裹在絲絨大衣裏，卻在索索發抖。

我把她的坐椅推到火爐邊。

「你以為我沒有吃苦？」我說，「那天晚上我在鄉下等你，又走到巴黎來找你，結果是得到了那封幾乎使我發狂的信！你怎麼忍心騙我啊？我是多麼愛你！」

「不談這個了。我希望我們不是仇人相見，希望再能和你握一次手。你已經有了一個年輕貌美的情人，願你們幸福。」

「那麼你呢，你也一定很幸福吧？」

「看我的臉像一個幸福的人嗎？亞芒，別拿我的痛苦開玩笑了，你是知道我的痛苦的。」

「你可以擺脫這痛苦，這取決於你。」

「不，這事不以我的意志為轉移。我屈服於一個嚴肅的要求。事出有因，你總有一天會知道的，也會因此而原諒我的。」

「為什麼你今天不告訴我呢？」

「因為即使說了，也不能使我們破鏡重圓，反而會使你疏遠了不該疏遠的人。」

「你撒謊。」

瑪格麗特立刻站起身，向門口走去。

我對她那沉默而明顯的痛苦，豈能無動於衷？我跑過去，在門口攔住了她：「你別走！」

「為什麼？」

「因為，儘管你那樣對我，我一直是愛你的，我要留你在這裏。」

「好，我是你的奴隸，把我拿去吧，我是屬於你的。」

於是她脫了大衣和帽子，扔在沙發上。情緒的激動引起她一陣嘶啞的乾咳，使她幾乎喘不過氣來。我抱她躺在牀上，她周身冰冷，一句話也不說，只是對着我微笑。

噢！這真是奇異的一夜。瑪格麗特的全部生命，似乎都傾注到她給我的狂吻裏。在她熱情的狂愛中，我愛她愛到心底，甚至幾乎想殺了她，讓她永遠不屬

於別人。

　　天亮時，我們兩人都醒了。

　　瑪格麗特**面如土色**[①]，一句話也沒說。大顆淚珠不時滾落到臉頰上，像寶石一樣晶瑩閃亮。她張開疲乏的雙臂想緊抱我，但又無力地落在牀上。

　　有一剎那，我曾覺得彷彿我可以把離開布吉瓦爾以後的事情統統忘掉，我對她說：「如果你願意，我們離開巴黎，一走了之？」

　　「不，不！」她惶恐地説，「那樣會大禍臨頭。只要你需要我，你就來，我是你的。可是不要把我們的前途連在一起，那樣會倒霉的。」

　　她走了。我孤單寂寞，惶惶然不知所措。下午五時，我走到昂丹街，娜寧開的門：「小姐不能接待你，因為……Ｎ伯爵在裏面，她吩咐不要讓任何人進去。」

　　我像個醉漢似的走回家，你知道我在這**怒火中燒**[②]的時刻，做了一件怎樣可恥的事麼？我拿出一張

[①] **面如土色**：臉色跟土一樣，沒有血色，形容極端驚恐或身體虛弱，大病在身。

[②] **怒火中燒**：指心中產生強烈的嫉妒。

五百法郎的鈔票，連同下面兩行字，一起寄給了瑪格麗特：

「今天早上你走得太快了，以致我忘了付錢給你。這是你的陪夜費。」

瑪格麗特沒有回信。六點半，一個差役送來一個信封，裏面放着我那封信和五百法郎的鈔票，説是要他送信的小姐帶着女僕，乘往布洛涅的郵船走了。我趕緊跑到瑪格麗特家，看門人告訴我：「小姐今天六點動身去英國了。」

第十八章
真相大白

「我對巴黎毫無留戀了，既無愛，也無恨。我被一連串打擊弄得精疲力竭。我的一個朋友正好要到東方去旅行，我告訴父親我想和他一起去散散心。父親給了我一些匯票和介紹信，十來天後，我在馬賽上了船。

「在亞歷山大城，我從使館的一位隨員[1]（這個人我曾在瑪格麗特家見過）那裏，聽到這可憐的姑娘病重的消息，便寫了封信給她。她回覆了我一封長信，這封信你已經讀過了，那是我在土倫收到的。從信中我知道她危

---

[1] 隨員：在駐外使館工作的最低一級的外交官。

在旦夕，將不久於人世，而且急盼看見我一面，我就立刻動身回巴黎，可仍是晚了。這後面的事你都知道了。

「現在你只要讀讀那些日記手稿就行了，那是瑪格麗特的好友朱莉·迪普拉交給我的。你先讀十二月十五日那天的日記吧，讀後你就會明白事情真相了。」

亞芒講得很累，常常在敍述時泣不成聲。他把瑪格麗特的日記交給我後，雙手抱住腦門，閉上眼睛，睡着了。

下面就是亞芒指定我看的，瑪格麗特親手寫的某日的日記。

今天是十二月十五日。我已經病了四、五天了，身邊一個人也沒有。亞芒，我想念你，你在什麼地方？有人告訴我，你已遠離巴黎，也許你已忘了瑪格麗特。祝你幸福！

我忍不住要向你解釋我的行為。因為我很可能就在這場病中死去，我不甘心就這樣死去，而不讓你明白一切關於我的事。

你還記得嗎，亞芒，在布吉瓦爾時，你父親到達的消息嚇了我們一跳。你還記得你和他發生爭執的情景吧，當天晚上你回來告訴了我。第二天你去了巴黎，當你在旅館等你父親時，有人送來了一封喬治·杜瓦勒先生寫的信，信中用最嚴肅的詞句，要求我第二天借故把你支走，並請求我接待你父親的來訪。此外，特別囑咐我切莫讓你知道。記得嗎？你回來後我是如何苦苦勸你第二天再去巴黎。

你走了一個小時後，你父親到了。起初，他板着臉，十分傲慢無禮地訴說着妓女的不是，態度咄咄逼人。這使我不得不提醒他，我是在我自己的家裏，除了因為我對他兒子有真摯的愛這件事外，我生活上是沒有什麼事必須向他報告的。

這令你父親稍微冷靜了些。不過他還是說，他不能容忍兒子為我傾家蕩產。他說：「你的確是個美女子，但不應用你的天生麗質去揮霍無度，毀掉一個年輕人的前途。」

我只有拿出證據來反駁，我手頭有不少當票和買主的收據，我給你父親看，並且告訴他，我決心變賣

傢具來還債，為的是我們能生活在一起，又不致使你
負擔過重。我又向他描述了我們共同計劃將來的寧靜
幸福生活。他終於明白了一切，看來也有些感動。他
伸手給我，請求我原諒他最初的態度，隨後他說：

「那麼，小姐，現在我就不必指責和威脅，而是
來請求，希望你能作出更大的犧牲。」

聽了這句話，我渾身發抖了！

你父親走近我，握住我的手，親切地說：

「我的孩子，你要明白，生活有時對心靈提出殘酷
的要求，可是必須逆來順受，必須服從現實的安排，必
須盡到人生的責任。你是善良的，你的靈魂裏有着別的
女子所沒有的寬厚大度，她們及不上你。但是你以前為
我兒子作的犧牲，他是不應也不能接受的，世人會認為
這是不光彩的事，以致玷污我家**門楣**[①]。人們不會看你
們相愛是否是一種幸福，人們只認為亞芒與一個眾人的
寵妓一起生活是件醜事。以後你們會互相怪責、埋怨和
悔恨無窮，那時怎麼辦？你的青春消逝了，我兒子的前

[①] **門楣**：家族的社會地位及名望。

途也毀了。

你年輕、漂亮，生活會給你安慰的。你做一件好事，可以贖回過去許多罪過。亞芒認識你六個月，他就把我忘了。我寫了四封信他都沒回信。若是我死了，他也不知道！

亞芒的財產是配不上你的美麗的。他為了你去賭博過，我知道他沒告訴你。一旦他忘形了，就可能輸掉我多年的積蓄，輸掉他妹妹的嫁妝錢，什麼事都有可能發生的呢。

另外，你為他放棄的生活，會不會再吸引你去投入呢？你會不會愛上另一個人呢？考慮考慮這一切吧。你愛亞芒，那你要證明對他的愛，現在還來得及用這惟一的方法來證明：犧牲你的愛情來成全他的前途。現在你們平安無事，但很可能禍從天降——亞芒可能為了嫉妒一個愛過你的男人而去與人決鬥，可能死於非命。那時候，你該是多麼痛苦啊！

最後，我對你直說了吧。我

有一個女兒，她漂亮、純潔，像天使一般。她快要結婚了，將進入一個體面家庭，對方也要求我們是個體面人家。現在我的未來親家已經知道了亞芒在巴黎的生活，已向我聲明，如果亞芒繼續這種生活，他們就要取消婚約。一個女

知識泉

親家：兩家兒女相婚配的親戚關係。

孩的前程掌握在你手上，她可沒對你不起啊！你有這權利、有這勇氣破壞她的前途嗎？給我女兒幸福吧！

　　我泣不成聲。這些事我曾反覆思考過，現在由你父親說出，更具嚴肅的現實性。說穿了，我無非是一個妓女，不管我說得多有道理，我們的關係是一種自私的打算。你父親用慈父般的態度對我說話，激起了我聖潔的感情，喚醒了我崇高的思想，我將贏得這正直老人的尊重。

　　「好吧，先生，」我擦乾眼淚對你父親說，「你相信我愛您的兒子嗎？相信這是一種無私的愛情嗎？相信我曾把這愛看作是我一生的希望、夢想和安慰嗎？」

　　「確信無疑。」

　　「那好，先生，像親吻您女兒一樣吻我一下吧！我發誓，這聖潔的吻可以使我剛強起來戰勝愛情。你兒子很快會回到你身邊，也許他會痛苦一段日子，但會從此徹底康復。」

　　「你是個高尚的姑娘！」你父親吻着我的前額說。

我寫了封信給普呂丹絲，說我接受德‧N伯爵的要求，明晚和他們一起吃夜宵。我托你父親把信帶到巴黎寄出。臨走時他又吻了吻我，我感到有兩滴感激的淚落到我額上，彷彿是對我舊日過錯的洗禮，我不禁驕傲得神采飛揚。

可我畢竟是個女子，晚上重新見到你時，禁不住哭了，但我沒有軟弱下來。

這就是全部事實真相，亞芒，請評判吧！請原諒我吧！

知識泉

洗禮：基督教接受人入教時所舉行的一種宗教儀式，把水滴在受洗人的額上，或讓受洗人身體浸在水裏，表示洗淨過去的罪惡。

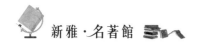

第十九章
病中日記

下面是瑪格麗特在病中記下的一些日記：

十二月二十日

亞芒，分手之後發生的事，你跟我一樣清楚。但我忍受的痛苦是你不知道，也想像不到的。

聽說你被父親帶回家了，我不相信你能長久與我分離。那天在香榭麗合大街遇到你，我很激動，但並不驚訝。

從此我每天被你侮辱，我欣然接受，因為這證明你仍然愛着我。你越折磨我，到你知道真相的那一天，我在你眼中就越崇高。

但我不是一下子就變得這樣堅強。有一段日子裏，為了不至發瘋，我**醉生夢死**[①]般生活，我盡情狂歡，想迅速結束自己的生命。

[①] **醉生夢死**：像喝醉了酒和在睡夢中那樣，糊里糊塗地活着。

亞芒，那天晚上我最後一次向你證明我對你的愛，可你是怎樣回報我的？你用凌辱的手段把一個垂死女子趕出了巴黎！於是我放棄了一切，到了倫敦。G伯爵也在倫敦，我去找他。他已有了一個上流社會的女人作情婦，他客客氣氣地接待了我，把我轉介給他的朋友們。

我成了沒有靈魂的軀殼，沒有思想的動物，過了一段**行屍走肉**[①]般的生活，我又回到了巴黎。聽說你去長途旅行了。我無依無靠，苟且偷生。我的病越來越重，我越來越瘦，漸漸被巴黎的人們忘了。債主都帶着賬單上門來，我給老公爵寫了信，他會回信嗎？會給我錢嗎？你為什麼不在巴黎啊！亞芒，你一定來看我啊！

十二月二十五日

天氣可怕，下着雪。我高燒不退。公爵沒有回信，普呂丹絲又開始跑當鋪了。

[①] **行屍走肉**：屍：屍體，肉：指沒有靈魂的肉體。可以走動的屍體，活死人。比喻庸碌無能、不求上進，無所作為、糊塗過日子的人。

我不停地咳血，你看見一定會心疼的。以前我病時，你每天來探聽消息，可那時我不認識你。但在我們一起度過的六個月裏，凡是女人心中能容納得下又能付出的愛，我都給了你。現在我又病了，你卻不在。我相信只要你在巴黎，你是不會離開我牀頭的。

一月四日

醫生不准我天天動筆。不過，我昨天收到一封信，使我好受多了，今天就能寫一些。這封信是你父親寫來的：

「小姐，聽說你病了。假如我在巴黎，一定親自來探望。倘若我兒子在我身旁，我也一定會叫他來打聽消息。我是如此難過，誠摯地祝願你早日康復。我的朋友H先生將到府上拜訪，我拜託他辦一件事，希望你會接受。」

這封他署名的信，比任何藥方更使我得益。你父親有顆高尚的心，好好愛他吧！

H先生今早來了，帶來了你父親的三千法郎，堅持要我收下。我接受了。請轉告你父親，感謝他的信

和他的好心，我因此流了淚，並祈求上帝降福於他。

一月八日

我熬過了幾天很痛苦的日子。每夜有人守護我，我透不過氣了，不停地咳嗽和説胡話。

朋友們送來很多糖果和禮物，普呂丹絲用我收到的禮物去送禮。送禮人中有的希望我能做他們的情人，若是見到疾病把我折磨成這樣，他們會嚇得拔腿就逃的。

醫生説天氣晴朗的話，過幾天我可以出去走走。

一月十日

昨天我坐車子出去了。天氣異常晴朗。香榭麗舍大道上好不熱鬧，也許這是春天的第一個微笑吧。

我的熟人差不多都見到了。他們總是這麼高高興興地尋歡作樂。奧蘭波坐在一輛漂亮的新馬車上，那是N伯爵送給她的。她企圖用目光來侮辱我，殊不知我對這些虛榮早就退避三舍了。一個漂亮的青年走來問我是否可以一起吃晚飯，説是他的朋友很想認識我。我悽然一笑，向他伸出我那燒得發燙的手。他滿臉驚惶。

一月十二日

我一直難受。

N伯爵昨天打發人送錢給我,我沒接受。

我不要這個人的任何東西。就是因為他,你才不在我身邊的。

啊,我們美好的布吉瓦爾的日日夜夜!如今在哪兒?

　　要是我能活着走出這個房間，我一定要去看看我
們一起住過的那幢房子。但看來我是只能死後才離開
這房間了。

　　誰知道我明天還能不能給你寫點什麼？

一月二十五日

　　我已經有十一夜沒有合眼了。我喘不過氣來，
每分鐘我都以為自己將死去。醫生囑咐我千萬不能動

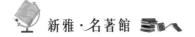

筆。朱莉・迪普拉照顧我，允許我給你寫幾行。難道在我死前你真的回不來了？難道我們就此永別了？我似乎覺得只要你來，我的病就會好了。唉，病好了又有何用！

一月二十八日

今早我被一陣吵鬧聲驚醒，原來是來查封我的財產的。**執達吏**走進我的房間，打開一個個抽屜登記了所有的物品，好像根本沒看到牀上有個垂死的女子。臨走還留下一個監視人！普呂丹絲想去向你父親的朋友要錢，我不准。

> **知識泉**
>
> **執達吏**：執行法庭指令的官吏。

一月三十日

今早我盼到了你的信，真是幸福的一天。好像我的病也好了些。也許我死不了，你可能回來，我們可以重新開始生活！

無論如何我都深深愛着你，亞芒！假如沒有愛的回憶，沒有再見到你的渺茫希望支持着我，我早就離開了人世。

二月四日

公爵今早來看我，待了三個小時，沒說幾句話。他流下了兩行淚，可能是想起了他女兒，他看見女兒死兩回了。他沒說一句責備我的話。

普呂丹絲已經躲着我了，因為我不能再像過去那樣大方地給她錢了。

我離死很近了。我甚至後悔聽了你父親的話，假如我早知只耽誤你一年光陰，我就非得同你一起度過不可！這樣，至少在死時可以握着一位朋友的手。唉，聽天由命吧！

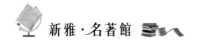

第二十章
茶花凋零

下面是瑪格麗特臨死前寫的最後一頁日記：

二月五日

噢，來啊，亞芒，來啊！我難受得要命，我要死了。

儘管我發着高燒，昨晚我還是要朱莉為我穿好衣服，抹點胭脂，乘車到歌舞劇院去。我到了我們第一次會面的包廂，我死盯着你那天坐過的位置。人家把我送回來時，我已經半死了。我整夜咳嗽、吐血。今天我說不出話來，胳膊也動不了。天呀，生命在漸漸離我而去，我要死了！我早就預料到了，一直在等死，但沒想到這痛苦是如此難以忍受，而且，假如……

> **知識泉**
>
> 胭脂：一種紅色的化妝品。塗在兩頰或嘴唇上。

下面的幾個字體依稀不可辨認了。以下四天的日記是朱莉・迪普拉繼續寫的：

二月十八日

亞芒先生：自從瑪格麗特堅持要去看戲的那天起，她的病情就日益惡化。她已經完全不能說話，四肢也不能動彈。她所受的痛苦難以言喻。

我多麼希望你能在這裏！她一直在說胡話，幾乎沒有中斷過。不管是昏迷時，還是清醒時，只要她能說出一個詞，那就是你的名字。

自從她病危以來，老公爵就沒來過，他說這景象使他太難過了。

普呂丹絲的行為真是不大對勁。以前她幾乎全靠瑪格麗特為生，現在眼看這個鄰居沒用了，就看也不來看她。所有的人都把她拋棄了。每天只有債主們來走動，等她一死就可以拍賣她的東西了。

她曾要我答應，如果她不能提筆了，就讓我代她給你寫信。此刻我就是在她面前寫的。她朝我望着，她在微笑。她的全部思想、整個靈魂都寄託在你身上，我確信無疑。

每次有人開門，她的眼睛馬上發亮，她總以為進來的是你。發現那不是你，她多麼痛苦。

二月十九日午夜

今天是何等淒慘的一天。早上她喘不過氣來，醫生為她放了血，她的嗓音恢復了一點。

神父來了，跟着一個唱詩班的孩子，孩子拿着一個耶穌受難十字架，還有一個祭司在搖鈴，表示上帝來到了臨終者家裏。神父在她的手、腳、前額上塗了聖油，背誦了一小段祈禱文，瑪格麗特就這樣準備升天了。如果上帝看到她一生的坎坷和死時的聖潔，一定會讓她進入天堂。

二月二十日下午五時

一切結束了。凌晨兩點左右，瑪格麗特進入**彌留**^①狀態。她聲嘶力竭地叫喊着，有兩三次，她在牀上筆直站起來，彷彿想抓住正在升天的生命。我想，就是殉道者恐怕也從未受過這樣的折磨、經歷過這樣的痛苦。

又有兩三次，她呼喚着你的名字，後來就沒有聲音了，她耗盡了最後的力氣，倒在牀上。淚水悄悄從她眼眶裏流出，她死了。

---

① **彌留**：病重快要死時。

　　我走近她，喊她，她沒有反應。我替她合上眼，吻了吻她的前額。可憐的親愛的瑪格麗特，但願我是一個聖女，讓這一吻把你託付給上帝。

　　隨後，我按她生前的要求，給她穿戴整齊。我又到教堂去為她點了兩支蠟燭，為她祈禱了一小時。

　　我把她剩下的一點錢施捨給了窮人。

二月二十二日

　　今天舉行葬禮。瑪格麗特的許多女友來到了教堂，有幾個真誠地哭了。送葬行列走上通往蒙馬特公墓的道路時，只有兩個男人跟在後面，一個是德・G伯爵，他是專程從倫敦趕回來的；另一個是老公爵，由兩個僕人攙扶着。

　　我是在她家裏，含着淚水，對着慘淡的燈光，把這些細節一一給你記下的。燈旁放着娜寧叫人給我準備的晚餐，我已經有二十四小時沒吃東西了。

　　我的生命不能長遠保留這些悲慘的印象，因此，我就在這些事情發生的地方，替你記錄下來，原原本本告訴你。生怕你再過很久才回來時，事過境遷，我不能再記得那麼清楚，把當時的慘狀如實相告了。

「你看完了？」當我合上日記本時，亞芒問我。

「我明白你忍受着怎樣的痛苦了，朋友，如果我讀的這些全是事實的話。」

「我父親來的一封信裏向我證實了這一切。」

亞芒依然很傷心，但是講完這個故事後他稍為得到了些寬慰，顯得輕鬆了些。他很快恢復了健康，於是我們一起去拜訪普呂丹絲和朱莉·迪普拉。

普呂丹絲剛破產，她說這是因為瑪格麗特的緣故。瑪格麗特生病期間向她借了很多錢，她開了很多無力償還的期票，但是沒有借據，所以她不能算是債權人，分不到拍賣所得的錢。亞芒知道她在說謊，但裝出信以為真的樣子，並給了她一千法郎。因為不論是誰，只要對瑪格麗特接近過，他都一概懷有敬意。

> **知識泉**
>
> 期票：定期支付商品、貨幣的票據。

朱莉·迪普拉向我們講述了瑪格麗特臨終前的件件傷心往事，為她那可憐的朋友又流下了誠摯的眼淚。

最後，我們來到瑪格麗特的墳墓前，四月初春的

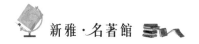
陽光一片燦爛，生氣盎然。

亞芒只剩下一項應盡的責任了──回到家鄉C城去探望父親和妹妹，他希望我一起去。

喬治・杜瓦勒先生正如他兒子向我描繪的那樣：高大、威嚴、和藹，與我的想像吻合。

他含着幸福的眼淚迎接亞芒，親切地和我握手。我很快發現，在他身上，父愛支配着一切。

他的女兒白朗絲，眼光是那樣晶瑩，臉孔是那樣嫻靜，表明她的靈魂只蘊含着純潔的思想，她的雙唇只吐露虔誠的語句。她微笑着歡迎她哥哥的歸來。這貞潔的少女並不知道，遠方有一名可憐的女子，僅僅是為了維護她的姓氏而犧牲了自己一生的幸福。

我在這幸福的家庭裏住了一段日子，全家都情真意切地關心亞芒這個心病剛痊癒不久的遊子。

回到巴黎後，我寫下了這個真實的故事。我並不是在為妓女歌功頌德，但是我知道，她們之中有位姑娘，在她一生中有過一次認真的愛，為此她遭受痛苦，並死於這愛情。我有責任把這故事講給讀者聽，傳播崇高的不幸者的呼喚。

① 你認為瑪格麗特應該為了保護亞芒的家族名聲而放棄跟他一起嗎？為什麼？

② 你覺得亞芒的父親是個怎樣的人？

③ 如果你是亞芒，你會不理父親的反對，和瑪格麗特在一起嗎？為什麼？

④ 若亞芒沒有出現，你認為瑪格麗特會放棄她的奢華生活嗎？

⑤ 你認為普呂丹絲是一個怎樣的朋友？說說你的看法。

⑥ 瑪格麗特和亞芒最後都不能幸福地一起生活，你覺得這個結局如何？

溫泉

　　瑪格麗特的身體一直都不好，她曾經有一段時間要住在巴涅爾這個溫泉城市養病。平日我們常説泡溫泉，就是將身體泡在從地下岩石中湧出的熱泉水，但你又是否知道在歐洲國家中有不少溫泉都是用來喝的呢？

　　在以前的歐洲社會，醫學發展不像現在那樣先進，許多病都未有藥物可以醫治。一些貴族生病時，往往會到一些溫泉城市去安心靜養。這些溫泉城市有很多泉眼，從泉眼流出的泉水含有不同的礦物質，對身體有不同的好處。捷克就有一個著名的溫泉城市叫卡羅維瓦利。當地有十三個主要溫泉，大約三百個較小的溫泉，是一個熱門的旅遊地點。

亞歷山大 · 小仲馬
(Alexandre Dumas, fils) (1824-1895)

　　法國小說家及劇作家，是著名小說家大仲馬之私生子，幼年時與母親相依為命，七歲時才為大仲馬承認及收養，隨父到巴黎生活。

　　蜚聲文壇的父親啟迪了小仲馬的文學天賦。1846至1847年，小仲馬完成了一部以流浪漢的冒險經歷為題材的長篇小說《四個女人和一隻鸚鵡的奇遇》，1847年出版了情詩集《青年罪孽》；但成名作是1848年問世的小說《茶花女》，它情真意切而感人肺腑，是作者經歷了強烈震動他心弦的事件後寫出的，故事是基於他與巴黎名妓瑪麗 · 杜普萊西的一段戀情。第二年小仲馬把它改編成劇本，上演後獲得巨大成功。他又先後寫了二十多部劇本，對西方社會風氣習俗、家庭生活和倫理道德作了詳細描繪和揭露，是法國戲劇由浪漫主義向現實主義過渡的重要作家，曾獲法蘭西學士院院士的頭銜。七十一歲時病逝。

新雅●名著館

茶花女

原　　著：亞歷山大·小仲馬〔法〕
撮　　寫：宋詒瑞
繪　　圖：李亞娜
策　　劃：甄艷慈
責任編輯：張可靜
美術設計：何宙樺
出　　版：新雅文化事業有限公司
　　　　　香港英皇道 499 號北角工業大廈 18 樓
　　　　　電話：(852) 2138 7998
　　　　　傳真：(852) 2597 4003
　　　　　網址：http://www.sunya.com.hk
　　　　　電郵：marketing@sunya.com.hk
發　　行：香港聯合書刊物流有限公司
　　　　　香港新界大埔汀麗路 36 號中華商務印刷大廈 3 字樓
　　　　　電話：(852) 2150 2100
　　　　　傳真：(852) 2407 3062
　　　　　電郵：info@suplogistics.com.hk
印　　刷：中華商務彩色印刷有限公司
　　　　　香港新界大埔汀麗路 36 號
版　　次：二〇一七年四月二版

ISBN: 978-962-08-6763-7
© 1999, 2017 Sun Ya Publications (HK) Ltd.
18/F, North Point Industrial Building, 499 King's Road, Hong Kong
Published and printed in Hong Kong